A Maldição do Jogo

MIKEL PEDRO

A MALDIÇÃO DO JOGO

SKULL EDITORA

EDITORA
Skull

EDITOR-CHEFE
Fernando Luiz

COORDENAÇÃO EDITORIAL
Gabriele Batista

REVISÃO
Gabriele Batista

CAPA E PROJETO GRÁFICO
Carol Palomo

Catalogação na Publicação
Elaborada Por Bibliotecária Janaina Ramos – CRB-8/9166

M636

Pedro, Mikel
A Maldição do Jogo / Mikel Pedro – São Paulo: Skull Editora, 2023.

144 p.; 14 X 21 cm
ISBN 978-65-551230-94-3

1. Literatura - Terror. I. Pedro, Mikel .III. Título.

CDD 809

Índice para catálogo sistemático
I. Literatura - Terror

"Olhe nos meus olhos.
É onde meus demônios se escondem."

– Imagine Dragons

SUMÁRIO

1

A NOVA CASA

Uma família se mudava para sua nova casa, localizada no interior de Pernambuco, bem afastada da cidade de Caruaru. Uma casa rústica, rodeada de matas grandes, e sem nenhuma civilização nas proximidades. A casa velha mais parecia ter sido construída na época dos "homens das cavernas".

Álvaro de 28 anos, um rapaz moreno, de olhos castanhos, e físico grande, um fanático em academia que sempre estava de cara fechada, e sua mulher, Letícia, de 26 anos, uma loira baixinha, de olhos claros, e andava sempre com um simpático sorriso no rosto. Os dois eram casados a 7 anos e nesse tempo tiveram 3 filhos, Jaspér, o mais velho, de 17 anos, que tinha olhos claros, assim como sua mãe, cabelos curtos e lisos, de cor castanho. Erika, a irmã do meio, de 14 anos, era uma menina tímida, passava a maior parte do tempo lendo, e quase não saía do quarto, tinha cabelos enrolados, olhos castanhos e gostava de comer bastante. E Jeremy, o filho mais novo, tinha apenas 4 anos, e já falava de tudo, era um garoto muito esperto, tinha cabelos escuros e ondulados, olhos escuros e era um garotinho bem agitado e com a imaginação incrível, admirado por todos de sua família.

Vindos do Estado da Bahia, a família está decidida a ficar nessa nova casa que, depois de várias pesquisas sobre casas à venda em Pernambuco, eles encontraram essa que fica bem afastada da cidade grande.

Álvaro e Letícia sempre foram apaixonados pelo campo, pelas árvores, pela paisagem, pelo ar puro que a natureza lhes proporciona. Letícia nasceu na cidade, mas viveu a maior parte de sua vida em um sítio, junto de sua avó, Romélia. Já Álvaro, nasceu e se criou na fazenda de seu pai, e aos 16 anos começou a trabalhar numa cidadezinha no interior da Bahia, onde conheceu Letícia. Agora, depois de anos casados, decidem voltar às suas vidas que sempre desejaram. Viver com sua família no campo.

Eram quatro da tarde quando finalmente chegaram, depois de algumas horas de viagem de Salvador até aqui. Estavam todos exaustos, saíram do carro e admiraram a beleza do lugar ao redor, apesar da casa parecer um pouco acabada pelo tempo, o casal adorou. Jaspér, ao sair do carro e olhar para a casa, viu um movimento estranho em uma das janelas do andar de cima, mas ele pareceu não se importar com aquilo e ignorou, pensou estar vendo coisas devido ao cansaço da viagem.

— Odeio mudanças! — resmungou ele emburrado.

— Se até as estações mudam, qual a razão de permanecermos iguais? — Disse Álvaro, abrindo a mala do carro.

Jaspér o olhou cerrando os olhos, tentando imaginar onde ele teria tirado aquilo.

— Andou lendo os livros da Erika? — Jaspér disse em um tom debochado.

— Faz bem ler, sabia? Agora me ajude aqui. — falou ele, dando gargalhadas.

Jeremy pulou do carro animado para conhecer logo seu novo quarto, e foi correndo para a entrada da casa. Seus olhos brilhavam com a imensidão do lugar. É a primeira vez que ele mora em um lugar tão grande e ao redor de um verde das matas.

— Cuidado meu amor, nos espere para entrarmos juntos. — Advertiu a mãe do garoto.

Mas ele a ignorou e entrou na casa, e foi diretamente escolhendo o seu quarto, pois sua animação em conhecer a casa era surreal.

Ao adentrar na casa, Jeremy já havia escolhido o quarto. Depois de olhar todos os outros, ele adorou um que viu e já se aconchegou no local. Lá dentro, alguns móveis velhos que, provavelmente deixados por seus antigos donos, lhe chamaram a atenção, tinha uma cama bem grande, e do lado um criado-mudo, bem antigo mas muito bonito e conservado. Ele, com sua curiosidade, abriu uma das gavetas do móvel, e lá havia duas moedas, iguais, que eram muito antigas. De um lado das moedas, dava para se notar um homem, barbudo e com um olhar sério de lado, do outro havia uma coroa no topo, e no meio dela um círculo com várias setas ao redor, e como se fosse um triângulo no centro.

Em cima da cama, havia uma página velha, contendo vários símbolos, que formavam como se fosse um tutorial de como jogar o jogo com aquelas moedas que Jeremy havia encontrado na gaveta: "Cara ou Coroa".

O garoto, muito inteligente, já tinha entendido o que teria que fazer enquanto olhava, encantado pelos desenhos contidos no papel. Jeremy sentiu uma mão gelada em seu ombro esquerdo, que o fez arrepiar todo o seu corpo. Imediatamente o garoto se virou e não havia ninguém atrás dele.

— Mamãeee, Papaaaii — gritou ele, correndo ao encontro dos pais que estavam entrando na casa, com várias caixas em suas mãos.

O ano era 1987, quando um casal chamado, Amaro e Rosângela, moravam na casa da família Osis. Eles tinham um filho, chamado Pedro Osis, que tinha acabado de completar 19 anos de idade.

Pedro, era um jovem de poucas palavras, não saia muito de seu quarto, e odiava que entrassem sem sua permissão. Ele tinha os cabelos longos e lisos, usava, quase o tempo todo, roupas pretas e largas. Durante a noite ele saía para se alimentar e passava o resto da noite na cozinha, comendo e, às vezes, saia para observar a Lua. Mas exatamente às duas horas e quarenta minutos, algo misterioso e totalmente sombrio, acontece.

Nesse horário, os pais dele acordaram depois de ouvirem um barulho muito alto vindo da cozinha. Ao chegarem lá, a mesa da cozinha, que era de vidro, havia se quebrado e estava aos pedaços no chão e Pedro não estava ali. Amaro correu rapidamente para o quarto dele, e no computador uma folha havia acabado de ser impressa, com diversos desenhos enigmáticos, bem estranhos, em uma ordem.

— Parece um jogo, — comentou ele, — Pedro deve ter imprimido isto, mas... cadê ele? — Indagou ele, se desesperando e correndo pela casa para procurá-lo.

Depois de procurar pela casa toda, eles decidiram procurar pelas redondezas do lugar. Estava tudo muito escuro, só a luz de um poste, em frente a casa, iluminava por lá. Já se passavam das 3:00 e numa árvore perto de um rio por trás da casa, Rosângela dá um grito ensurdecedor:

— Nãoooo! — ela não acreditava no que via — Não pode seer - se ajoelhou no chão aos prantos.

Lá estava Pedro, enforcado, preso à uma corda em volta de seu pescoço naquela árvore, embaixo dele havia duas moedas em um círculo, com a mensagem abaixo delas: "Você é o próximo".

Ela ainda tentou segurar o corpo do jovem, e tirá-lo de lá, mas já era tarde, o garoto já não tinha mais nenhum sinal vital. E lá estava Rosângela com seu filho no colo, já sem vida, soluçando de tanto chorar.

Amaro não havia mais aparecido, não tinha mais gritado por Pedro, como estava antes, procurando desesperado por ele. Rosângela tinha esquecido do marido, quando então, uma faca corta sua garganta, e ela cai, com seu pescoço jorrando sangue, no chão.

Até hoje a polícia não sabe o que realmente aconteceu naquele lugar. Eles chegaram à conclusão de que o filho matou a mãe, e depois se enforcou. Mas o mais incrível era que não havia digitais no cabo da faca. Amaro, nunca mais foi visto em lugar algum. Outra hipótese, era que ele tinha matado sua esposa, e, provavelmente, fingido o suicídio de seu filho. Mas até hoje, ninguém sabe o que realmente aconteceu.

— O que aconteceu meu filho? — Perguntou Letícia assustada ao ver o desespero de seu filho.

— Tinha alguém no meu quarto. — Explicou-se ele chorando muito — Ele tocou meu ombro — concluiu o garoto, correndo para os braços de sua mãe.

O pai dele foi correndo até o quarto mencionado pelo filho, e não havia absolutamente ninguém lá. O casal ficou sem entender nada, e voltaram a arrumar suas coisas.

Depois que se acalmaram, foram arrumar suas bagagens, e a mãe foi preparar algo na cozinha, pois já anoitecia e logo chegaria a hora do jantar.

Letícia já tinha preparado todo o jantar, seu marido estava no banho, enquanto Jeremy já estava sentado na mesa, só esperando a comida ser servida.

— Hora do jantar pessoal! — exclamou ela para Jaspér e Erika, que estavam sentados no sofá.

— Tô sem fome agora — disse Jaspér, se levantando do sofá.

— Meu amor, você te… — Letícia foi interrompida por seu filho.

— Já disse que não quero! — disse ele, se retirando de onde estavam.

Jaspér foi para seu quarto, enquanto o resto da família foi jantar na mesa. Jeremy já estava no segundo prato, e nem esperou pelos seus pais.

Ele terminou seu jantar primeiro que todos, e partiu direto para a sala, para deitar-se no sofá. Algo lhe chama a atenção, o seu videogame não estava mais onde ele colocou.

— "Onde será que tá em?" — pensou ele.

Jeremy ficou um tempo procurando, mas não o encontrou.

Já era tarde, passava das onze horas, quando todos iam para cama.

— Boa noite, meu príncipe, — disse Letícia enquanto cobria Jaremy com seu cobertor - tenha bons sonhos.

— Boa noite, mamãe — retribuiu o garoto, recebendo um beijo dela na sua testa em seguida.

Meia noite em ponto batia o relógio. Todos dormiam, toda a casa estava em silêncio.

— Eii garoto, - uma voz o chamava por Jeremy — venha cá.

Ele vê um vulto preto lhe observando no canto da parede. Se arrepia dos pés à cabeça. Rapidamente ele salta de sua cama, dando um grito e se acordando no mesmo instante. Foi um sonho!

— Ufaa! – suspirou ele.

Ele olha para o seu lado onde havia a cama de seu irmão mais velho, e vê que ele estava dormindo. Então Jeremy volta a se deitar, se cobrindo até sua cabeça. E tenta dormir novamente.

No café da manhã, todos já sentados à mesa. Álvaro pergunta como todos dormiram a noite. Jaspér, que não era muito de falar, comenta sobre um acontecido na noite passada.

— O Jeremy falava sozinho ontem a noite — disse ele com um tom de deboche.

— E o que ele dizia filho? — perguntou Letícia curiosa.

Ela larga os talheres no prato, e começa prestar mais atenção no que Jaspér dizia.

— Alguma coisa, tipo... "Ele está aqui". — Explicou.

Letícia olha para seu marido com um olhar assustado, e preocupado com aquilo que o filho havia dito.

— Ele disse mais alguma coisa? — Álvaro perguntou dessa vez, largando a colher sobre o prato.

— Que ouvi.... — pensou um pouco — foi só isso mesmo. — concluiu mordendo seu pão com manteiga.

Todos ficaram em silêncio e decidiram deixar aquele assunto de lado e, logo em seguida, continuaram seu café da manhã.

Mas isso não saiu da cabeça de Letícia, sua expressão de preocupação era nítida em seu rosto. Sua apreensão era notável a qualquer um.

2

O PESADELO

A noite já caia mais uma vez. Jeremy brincava sentado em sua cama, com seus bonecos de super-heróis e sua imaginação incrível. Seus pais estavam na cozinha, e seus irmãos na sala. Estava tudo quieto, em silêncio.

Até que Jeremy escuta um barulho, como se alguém batesse em uma madeira. Curioso, ele olha para a porta, achando que alguém estava o chamando, mas não vê nada. Ao escutar novamente ele olha para seu guarda roupa, que estava trancado. Mas continuava assustado.

— Vamos brincar. — uma voz grossa emitiu debaixo de sua cama — Jogue as moedas, garoto. — insistiu aquela voz macabra e horrenda.

Jeremy, assustado, saltou de sua cama correndo para a porta, e olhava fixamente para debaixo da cama. Gaguejando, com seu coração acelerado, ele diz:

— Quem tá aí?

Um silêncio ensurdecedor tomou conta do lugar. Ele ficou com muito medo e correu para a sala onde estavam seus irmãos. No corredor ele esbarra em Jaspér que vinha para o quarto.

— Olha por onde anda seu... pirralho — grita o mais velho com Jeremy com um olhar nada amigável.

— Tem... al...guém — tenta falar, gaguejando — embaixo.... da minha ca... ma — completa ele, correndo para a sala.

Jaspér simplesmente o ignorou, colocando de volta seus fones de ouvido, e indo em direção a seu quarto. Cantarolando pelos corredores, em deboche ao seu irmão. Já no quarto, ele senta na cama e observa a cama do seu irmão, e lembra do que ele tinha falado antes.

— "Do que aquele pirralho tava falando?" — se pergunta ele em pensamento.

Ao observar a cama por um bom tempo, ele resolve ir até lá e olhar embaixo da cama de Jeremy. Ao se aproximar, ele se ajoelha e devagar coloca a cabeça embaixo da cama. Já no chão, olhando atentamente para baixo, ele vê alguma coisa brilhando lá no fundo. Eram as duas moedas que Jeremy havia achado no primeiro dia que eles chegaram na casa e, depois daquele susto, ele deve ter as deixado cair embaixo da cama.

Ele as pega, e ao observar com atenção, nota que são as mesmas moedas descritas na figura que tinha numa folha, em cima do criado mudo. Ele olha aquela folha, senta-se no chão e começa a ler o que estava escrito.

No fim da folha, havia uma escrita que continha regras, as regras do jogo "Cara e Coroa". Mas não era um Cara e Coroa comum, e sim um jogo. Um jogo de comunicação com espíritos que habitam o lugar. Em pensamento, ele começa a ler as regras.

Regra número 1: Não atire a moeda para fora do círculo no chão, pois assim, você perderá a brincadeira, e não será bom pra você, perder para um espírito.

Regra número 2: Se a der Cara, em uma das moedas, e Coroa na outra três vezes, você deverá abandonar o jogo imediatamente. Você não quer ter problemas com nenhum espírito, não é?

Regra número 3: Não saia do jogo sem antes pedir permissão ao espírito. Ao sair sem pedir, você deixará a porta do outro lado aberta, assim, o espírito tem total acesso ao seu mundo, podendo lhe possuir ou até matá-lo e á todos presentes na casa.

E por último, **NUNCA JOGUE SOZINHO.**

— Meu Deus! — se admirou Jaspér, assustado, mas muito mais animado pelo jogo. — Eu tenho que jogar isso. — disse ele, com um sorriso malicioso.

Ele se levanta de onde estava, guardando as moedas no bolso, e então indo para seu computador para tentar entender como se joga, procurando em alguma fonte que o ensine, pois além dos desenhos ensinando, havia umas palavras abaixo deles, em uma língua um tanto que identificável para Jaspér.

Depois de muito pesquisar ele conseguiu traduzir o texto que havia abaixo dos desenhos, que diziam:

Como jogar

Passo 1: Faça um círculo no chão, com um tamanho que dê para jogar as moedas sem que elas caiam fora desse círculo, se não você perde.
Passo 2: Pegue as moedas, iguais. Que tenha o mesmo valor, e as jogue para que caiam dentro do círculo.

Passo 3: Faça a sua pergunta, e jogue as moedas no círculo. Cuidado com as perguntas, você não sabe se está falando com um espírito do bem ou do mal.

Passo 4: Se ao fazer a pergunta, as moedas caíram Cara, a resposta do espírito foi "SIM", se cair as duas, em Coroa, a resposta do espírito foi "NÃO". Se elas caírem uma Cara, e a outra Coroa, significa que o espírito não quer falar com você, então vire as moedas e jogue-as novamente. Mas, se elas caírem três vezes diferentes, não incomode-o mais, ou você terá sérios problemas!

— Vamos, vamos... — A mãe de Jaspér vinha chegando no quarto, junto ao seu irmão mais novo — Já passou da hora de dormir, meninos — dizia ela a Jeremy e a Jaspér.

Depois de colocar seu pequenino para dormir, Letícia foi para seu quarto, onde seu marido já a aguardava deitado em sua cama. E todos foram dormir mais uma noite. Todos menos Jeremy.

Eram quase três horas da madrugada e Jeremy ainda não tinha dormido. Estava com seu cobertor dos pés à cabeça. Ele tremia, não pelo frio daquela madrugada, mas sim, com medo do que podia ter debaixo de sua cama.

O medo o consumia, mas a sua curiosidade em saber se realmente havia algo lá, era maior. Ele lentamente tirou sua coberta, quando estava com seu rosto já para fora, ele murmurou baixinho:

— Tem alguém aí?

Nada mais se ouvia, além da serenidade daquela madrugada. Ele sentou na cama, e decidiu olhar lá embaixo. Sem se descobrir por completo, ele abaixou-se e olhou. Olhou para um lado, não viu nada, olhou para o outro, e também não via nada, apenas escuridão.

Quando, em um milésimo de segundo, ele ouvia uma respiração ofegante em seu ouvido. Seu coração gelou, ele ficou estático, o tempo pareceu congelar para ele naquele momento. E, quando finalmente teve coragem, ele se virou para trás, e um horroroso ser o encarava bem perto de seu rosto.

— Aaaaaaaah — gritou ele desesperadamente — Socorrooooo! — pulou da cama sentando-se nela, colocando seus joelhos sobre seu peito, e abraçando suas pernas o mais forte possível.

Seu coração estava a mil, ele não queria abrir seus olhos. O medo tomou conta de si. Aquela criatura era a coisa mais horrenda que ele já tinha visto na vida, seu rosto era deformado, pálido e seus olhos eram negros e profundos.

Foi mais um pesadelo. Álvaro e Letícia entraram correndo no quarto, e ao acenderam a luz, viram o garoto sentado na cama e todo coberto pelos cobertores, tremendo de medo. Letícia o abraçou e perguntou o que havia acontecido, e ele respondeu com a voz trêmula:

— Ele quer me levar mamãe.

— Quem meu amor? — perguntou ela assustada com a frase dita pelo filho — Quem quer lhe levar?

— O bicho debaixo da cama. – confirmou ele apontando para lá — Ele não me quer aqui. — concluiu, debruçando no choro em seguida.

Álvaro virou para Letícia com um olhar sério e frio, olhou debaixo da cama e não havia nada lá, além da escuridão. Levaram Jeremy para o quarto do casal, e passaram o resto da noite junto a eles.

À tarde após o almoço, Jeremy e seus pais foram dar um passeio nos arredores de sua residência. Foram tomar um ar e tentar tirar da cabeça todo aquele pesadelo do filho na noite passada. Ficaram apenas Jaspér e Erika na casa. Jaspér foi até o rio, que ficava atrás da casa, Erika continuou em seu quarto e não viu quando seu irmão tinha saído.

Um barulho tinha vindo da cozinha. Parecia ser vidro quebrando. Erika pensou ser seu irmão que tinha quebrado algo lá fora. E voltou a ler seu livro.

Mais um barulho era ouvido, dessa vez parecia ser socos na parede. Ela ficou assustado e gritou:

— Jaspér....? O que está fazendo?

Nenhuma resposta ela obteve para sua pergunta. Então ela sai de sua cama e vai ver o que estava acontecendo, e tentar descobrir de onde vinham esses barulhos.

Ela parou ao ver algo na janela ao lado da porta dos fundos da casa. Parecia ser um homem todo de preto, que cobria metade da janela. Erika ficou paralisada, não imaginou ser Jaspér, pois ele não era tão alto. A porta da frente fez um barulho forte atrás dela, que Erika rapidamente se vira para ver o que é, mas não havia nada lá. Seu coração já tinha disparado muitas vezes, quando ela se virou novamente em direção a janela dos fundos, e aquela figura havia sumido. Ela sentiu um arrepio vindo do lado esquerdo do seu braço, e quando ela se vira para voltar pro quarto, um ser todo de preto, com o rosto pálido, e olhos fundos e negros, está parado em sua frente à encarando, Erika fechou seus olhos pelo desespero e o medo, ficou e silêncio, mas por dentro seu corpo gritava de desespero, e quando os abriu, não tinha mais nada lá. Ela pensou que estava ficando louca, e decidiu sair da casa e ir atrás de Jaspér ou seus pais. Ela não queria mais ficar sozinha naquele lugar. Aquele lugar já estava virando um pesadelo.

3

O OLHAR DAS SOMBRAS

Passado-se alguns dias, Erika caminha entre um lugar cercado por flores de lótus. Ela tinha saído de casa antes do café da manhã ficar pronto. O lugar era lindo, perfeito para um passeio em uma bela manhã ensolarada. Tudo o que ela estava precisando era tomar um ar, em lugar tranquilo e sozinha. Ela sempre carregava consigo um livro, que gostava muito de ler, e sempre lia em momentos de paz e silêncio.

Ao se distanciar de sua casa, ela sente que algo a observava, o medo tomou conta de si, pois lembrou do que aconteceu naquele corredor no dia anterior e então ela decide não ir mais além e voltar para sua casa. Um jovem, bem vestido, vem ao longe daquelas flores, caminhando lentamente em sua direção. Ela acelera o passo e tenta desviar daquele caminho, indo na outra direção, andando o mais rápido possível. Quando o jovem grita ao longe chamando sua atenção:

— Eiii, moça.

Erika ignorou, fingiu não ouvir e continuou seu percurso

— Não quero lhe fazer mal, só estou perdido — insistiu o jovem.

— O que você quer? — gritou ela, parando e encarando o homem de longe.

O garoto se aproxima dela. Ele era alto, tinha olhos verdes, cabelos louros, lisos e brilhosos, parecia ser de uma família muito rica, pois sua vestimenta era admirável aos olhos. Estava todo de preto, um jovem um tanto quanto sombrio, que encantou Erika.

— Meu carro quebrou ali atrás, — respirou fundo ao chegar na moça — e não achei nenhuma casa por perto para pedir ajudar — concluiu ele com um olhar encantador.

Ela parecia estar nervosa, com medo, e não

disse nada, então o garoto continua:

— Não precisa ter medo. — disse, colocando a mão sobre o ombro de Erika.

Erika se afasta, e se pergunta "o que um desconhecido faria no meio do nada?" Mesmo com um pouco de medo, ela se encantou com o garoto.

— Bom... moro há alguns metros daqui, posso lhe levar até lá, talvez meus pais possam te ajudar. — disse ela em êxtase, pois se perdeu na beleza do rapaz.

— Aah... meu nome é Ruy.... Ruy Arthor. — se apresentou ele beijando a mão de Erika, que ficou sem reação. — E você, como se chama? — perguntou a ela.

— Me... meu nome é.... Erika — se apresentou ela, gaguejando, — muito prazer. — seu rosto ficou avermelhado, sentiu-se um pouco constrangida pela forma como ele a olhava.

Ele tinha um olhar vazio e profundo, parecia esconder muitas coisas por trás daquele olhar, parecia estar encarando a escuridão à sua frente. Suas pernas estavam trêmulas, nunca havia visto um jovem tão perfeito igual aquele, e tão misterioso.

— O prazer é meu — soltou um sorriso um tanto quanto assustador, mas isso não a incomodou.

Os dois caminharam até a residência dos pais de Erika, com seu jeito tímido, ia em total silêncio, pois não era de falar muito. Ruy só a acompanhou, também sem dizer uma palavra, apenas a observava com atenção. Ele também tinha se encantado por aquela garota que, sozinha, caminha entre aquelas flores de lótus. Ele parecia ser bem jovem, seu rosto era limpo, a pele que todo adolescente deseja ter.

Chegando na casa, Álvaro estava em frente ao celeiro. E viu quando sua filha adentrou em casa com um garoto ao seu lado.

— Mãe... Esse é o Ruy — apontou para o garoto ao seu lado — o carro dele quebrou na estrada e....

— Quem é você? — interrompeu Álvaro chegando logo em seguida.

— Meu nome é Ruy Arthor, — levou a mão em direção a ele, mas foi rudemente ignorado. — o pneu do meu carro furou, e queria perguntar se podem me ajudar.

— Vamos, me siga — respondeu-lhe Álvaro dando as costas a ele, seguindo até a garagem da casa.

"Por que ele é assim em?",perguntou-se Erika em pensamento.

Chegando na garagem, ele diz a Ruy que tem um pneu sobrando, e que irá com ele até o carro para trocar com sua caixa de ferramentas.

— Vamos... Não fica muito longe daqui.

Ruy falou sorrindo, e apontou o caminho

Álvaro o seguiu, e antes de sair da vista da casa, Ruy olha para trás e vê Erika olhando na janela de baixo da casa. Ligeiramente ela fecha as cortinas ao notar que Ruy também a observava. Quando tenta olhar de novo por abrindo uma brecha entre elas, Ruy já não estava mais à vista. Pelo visto, ela se encantou por esse garoto, e agora não consegue tirá-lo da cabeça.

— Bonito lugar para se morar, né? — Ruy tenta puxar assunto, mas foi ignorado.

— Bom, está pronto.

— Muito obrigado, senhor. — Estendeu a mão para Álvaro, mas foi novamente ignorado.

— Fique longe da minha filha. — Ordenou Álvaro, olhando fixamente para Ruy.

— Sim, claro. — confirmou ele, quase sem reação.

Álvaro deu as costas para ele, e foi embora.

Ele era daqueles pais super protetores, que tinham o cuidado dobrado com seus filhos e, principalmente, com sua filha.

Erika estava deitada, assim como todos da casa. Era madrugada e um vento frio tomou conta do quarto, as cortinas balançavam com o forte vento. O dia já estava perto de amanhecer, ela virou-se para o outro lado da cama, e ele estava deitado ao seu lado, à observando. O garoto dos olhos encantadores, estava ali, deitado em sua cama.

— Aaaaaaah — gritou ela muito alto indo para trás e caindo da cama — Meu Deus o que é isso! — disse ela com a voz ofegante e assustada.

Ela calmamente se levantou de onde tinha caído, e viu que não tinha mais nada lá, só os seus cobertores bagunçados. O garoto não estava mais lá, ou nunca esteve, e ela está apenas vendo coisas. Ela correu até a janela e a fechou.

"Será que foi um pesadelo?", indagou ela em pensamento.

Depois de olhar todo o quarto, e ter certeza de que não havia ninguém lá, ela se deitou novamente, e se cobriu por completo. E depois daquilo, ela tentou dormir de novo, mas não pregou mais o olho. O garoto encantador não saía mais de seus pensamentos. Ruy tinha despertado algo dentro dela que ele nunca tinha sentido, algo diferente para ela.

Depois de tomar café, Erika foi atrás de uns legumes que seu pai mandou buscar na horta por trás da casa.

— Se lembre de pegar tudo, — disse o pai, entrando de volta na casa — Ah, e não demore! — completou ele colocando a cabeça na porta.

— Tá bom pai. — confirmou Erika.

O sol estava muito quente aquela manhã, bastante calor e nem parecia que a madrugada foi um tanto gelada.Erika levava seu livro embaixo do braço esquerdo, e na outra mão, uma cesta para colocar os legumes. Quando ela se aproximava do celeiro, alguém a puxa, tapando sua boca.

— Shiii... não grita, — disse o estranho, sussurrando em seu ouvido — sou eu, calma — diz, tentando fazer com que Erika não gritasse.

Ao se virar, ela pode ver claramente quem era que tinha puxado ela daquela maneira. Era Ruy... O mesmo de ontem, que havia pedido ajuda, pois seu pneu havia furado e o mesmo que ela viu deitado ao seu lado pela madrugada.

— Ruy... O que faz aqui? — Perguntou ela erguendo umas das sobrancelhas, — Não vai me dizer que furou o pneu outra vez? — interpelou ela ironicamente.

— Que engraçado... — Disse ele com um olhar mais sério — Preciso da sua ajuda. — aproximou-se dela.

— Ajudar com o que? — Respondeu ela um tanto curiosa.

— Erika, pegou os legumes que pedi?

Ao longe seu pai gritou, irritado.

Ela olha para onde seu pai gritava da porta de casa, e ao virar-se novamente para frente, Ruy não estava mais lá, ele tinha sumido.

— Já estou indo, papai. — Disse ela se dirigindo à horta, olhando todos os lados à procura de Ruy.

Pelo jeito, Ruy não queria ser visto, a não ser apenas por Erika. Erika ficou o caminho todo pensando em Ruy, e no que ele precisava de ajuda.

Eram quase três horas da tarde, Jaspér já tinha conseguido tudo o que ele precisava para jogar o jogo de Cara ou Coroa, e finalmente se comunicar com espíritos, como estava escrito no papel. Ele estava muito ansioso para fazer aquilo, ele não se importou com uma das regras mais importante do jogo, "NUNCA JOGUE SOZINHO", ele pesquisou o porquê dessa regra. Ao digitar isso no Google, encontrou a resposta: "As chances de você ser possuído pelo espírito são bastante prováveis durante o ritual." Estava escrito em algum site que ele, como era de se esperar, o ignorou. Mesmo não ligando muito para o que tinha acabado de ver, ele parou e pensou:

"O que de mal um espírito pode fazer?", pensou ele, dando risada em seguida.

Tudo o que ele pegou para jogar o jogo estava debaixo de sua cama: as duas moedas iguais; o giz (para fazer o círculo); e quatro velas. Ele viu que na maioria dos rituais, as pessoas usavam velas e, também como seu quarto ficava muito escuro, iria ajudar a iluminá-lo.

Erika estava sentada na varanda de casa, olhando Jeremy brincar com seus bonecos em frente a ela. Pensativa e muito curiosa, "O que Ruy queria comigo?", "Em que ele precisava de ajuda?", "E por que da minha ajuda?", era só o que se passava pela cabeça dela, desde de quando viu Ruy, antes de ir para a horta. Com todas essas dúvidas e olhando para o nada, ela percebeu um movimento estranho, em meio ao milharal, na frente da casa dela. Era Ruy, à chamando para vir com ele. Sem pensar muito, e movida pela sua curiosidade, ela correu em direção ao milharal, deixando Jeremy sozinho na varanda.

Chegando do outro lado, ela vê Ruy em pé, encostado em uma árvore. Aproximando-se dele, sem deixar que ele diga uma só palavra, ela já diz:

— Agora me fala... O que quer comigo?

Erika o encarava, quase sem piscar os olhos.

— Bom, preciso que encontre uma coisa pra mim? — Disse ele olhando de um lado para o outro.

— Coisa, que coisa é essa? — Perguntou ela intrigante.

— São duas moedas.

Ruy parecia nervoso, apreensivo naquela situação.

— Tá brincando comigo? — disse ela revirando os olhos.

— Isso é muito importante pra mim, Erika — Respirou fundo — Preciso delas, há algo sobrenatural dentro delas. — Explicou ele. — Fiquei sabendo que ela foi deixada aí, na sua casa, pela antiga família que morava aí.

Erika o encarava, se perguntando o que ele tanto queria com essas moedas "sobrenaturais". Mas estava curiosa sobre o porquê da antiga família ter deixado elas na casa.

— Ok, Ok, Ruy, — Exprimiu ela respirando fundo. — Eu irei procurar essas moedas, mas primeiro me fala o que aconteceu com essa família, e o que essas moedas tem haver com tudo isso.

— É uma longa história... — Explicou ele.

— Tenho todo o tempo do mundo.

Erika já estava impaciente ali, ela cruza os braços e encara Ruy para que ele comece a explicação.

— É o seguinte, há muito tempo atrás um garoto foi enforcado naquela árvore em frente ao lago, atrás da sua casa, a sua mãe foi morta junto a ele, com um corte profundo em seu pescoço. Já o pai nunca foi encontrado.Alguns dizem que ele pode ter sido o autor do crime, outros dizem que ele estava possuído pelo mesmo demônio que induziu o garoto a se matar. — explicava ele olhando pro nada, tentando imaginar a cena. — Foram muitas hipóteses criadas até os dias de hoje, mas nunca descoberto a verdade. — Finalizou ele.

— Meu Deus! — Se admirou com tamanha crueldade daquela história — Eu não sabia disso que tinha ocorrido aqui.

Erika estava de boca aberta, não tinha reação para o que Ruy acabara de lhe contar.

— Agora você sabe.

— Mas o que as moedas têm a ver com essa história toda? — Perguntou ela se interessando ainda mais pelo assunto.

— Elas são as moedas originais que são utilizadas para jogar o ritual de Cara ou Coroa. — Explicou ele. — Quem não souber jogar, ou não respeitar as regras do jogo, poderá deixar uma porta aberta do outro lado... — se aproximou do rosto dela — assim, todo e qualquer espírito, seja bom ou mau, poderá vir e interagir no nosso mundo. Como aconteceu com a família que morava aqui.

Erika estava sem reação com tudo aquilo que escutou, e também muito assustada. Pensou que os últimos acontecimentos, na casa e também os pesadelos do seu irmão, foram causados por esse motivo. Ao se lembrar do que viu na janela da cozinha, e também por ele aparecer e desaparecer toda hora, ela perguntou a Ruy:

— Era você aquela dia na janela da cozinha me olhando?

Ruy olha para ela franzindo as sobrancelhas, e depois de alguns segundo raciocinando, ele pergunta:

— Do que... do que tá falando? — Ruy deu de ombros.

Rapidamente ela se levantou de onde estava sentada no chão, com os olhos arregalados, e agora ela sabe, que aquela casa é assombrada, e que tem algo lá.

— Tenho que ir. — disse, indo embora apressadamente de volta para casa.

Ruy ficou sem entender nada e, sentado onde estava, ficou admirando Erika, enquanto ele ia embora. Ela era uma garota doce, nunca havia visto uma garota tão doce igual ela.

4

O INÍCIO DO JOGO

Eram quase duas horas da madrugada, Jaspér já tinha preparado quase tudo para o início do ritual. Ele estava sozinho no quarto, Jeremy dormiu no quarto dos pais, como de costume. Aquela hora todos já se encontravam em suas devidas camas.

Jaspér, pegou tudo o que ele utilizaria para o início do ritual debaixo de sua cama. Pegou o giz branco, e fez um círculo no chão. Pegou as quatro velas e colocou ao redor do círculo e as acendeu. Estava tudo pronto para ele começar, as moedas já se encontravam em suas mãos. Tudo como ele havia planejado.

Ele sentou no chão, frente ao círculo que ele havia feito, pegou as moedas e então perguntou:

— Olá, tem alguém aqui comigo? — Chacoalhou a mão com as moedas, jogando-as em seguida.

As moedas caíram dentro do círculo, uma caiu em Cara, já a outra em Coroa. Jaspér pegou novamente as moedas, fez a mesma pergunta e jogou-as no círculo.

E mais uma vez, as moedas caíram uma diferente da outra.

— Que merda — pronunciou ele, chateado, pensando não estar funcionando. — Vamos, vamos... — falou ele pegando as moedas e fazendo mais uma pergunta — Há algum espírito que queria falar comigo?

"NÃO"

As moedas caíram viradas para cima em Coroa, significando que o espírito respondeu "Não".

Sem perceber, a porta do seu quarto abriu-se sozinha, bem devagar e, ao Jaspér pegar as moedas de volta do círculo, a porta se fechou rapidamente fazendo um barulho estrondoso. Jaspér pulou de susto se virando em direção a porta. Seu coração estava a mil, seu corpo suava, mesmo aquela madrugada estando muito fria.

Ele voltou-se para o círculo, e decidiu ignorar o que acontecera há alguns minutos atrás. Ele fechou os olhos, respirou fundo, e então perguntou:

— Foi você... Que fez isso naquela porta? — Jogou ele as moedas.

Novamente aquelas moedas caíram uma diferente da outra, uma Cara e a outra Coroa. Assim, significava que o espírito ali, não queria conversar. Jaspér muito chateado com aquilo, se levantou bruscamente e chutou as velas que estavam ao redor, e também as moedas, indo para debaixo da cama onde Jeremy dormia.

— Mais que merda.... — Expressou ele naquele momento de indignação — Tá de brincadeira... Isso... isso não funciona! — Proferiu ele aquelas palavras em um tom alto.

Jaspér deixou tudo como estava no chão e se deitou em sua cama, sua cabeça latejava. Mesmo ele tendo falado que aquilo não funcionou, ele ainda estava preocupado e pensativo em como aquilo com a porta aconteceu.

"Pode ter sido o vento!", pensou, já deitado encoberto em sua cama.

Ainda naquela madrugada, Jaspér conseguiu tirar um cochilo.

O dia já tinha clareado, mas o sol não apareceu. Estava nublado, mas não havia frio, só um vento forte naquela manhã.

Jaspér se contorcia muito na cama enquanto dormia, provavelmente estava tendo um pesadelo. Ele acordou, estava virado para cima, e quando abriu os olhos algo lhe encarava com o rosto quase colado ao dele. A figura horrendo dá um berro alto na sua frente, o rosto daquele ser era pálido, seus olhos eram escuros e sem vida, e ao redor deles sombras negras. Jaspér gritou, tão alto que a sua mãe escutou do quarto e, seu pai, que passava pela frente do quarto naquele momento, entrou rapidamente para ver o que tinha acontecido.

— O que está acontecendo Jaspér? — Entrou ele, olhando cada canto do quarto.

— Aan... Naa... daa... Pai — Respondeu ele sem reação. — Eu... tive um pesadelo, só isso, Pai.

Álvaro se virou indo embora, sua mãe tinha acabado de chegar na porta para saber o que aconteceu, Álvaro contou que ele só teve um pesadelo, nada demais. Jaspér se levantou e foi ao banheiro, tomar um banho e escovar os dentes.

Já no banheiro, ele estava deitado na banheira, com seus olhos fechados e pensando no que acontecera ontem pela madrugada. A porta abrindo e se fechando com um estrondo muito forte, aquela imagem assustadora que ele viu frente a ele quando acordou. Ele estava com medo e não sabia o porquê, pois pensara que tudo aquilo não era real.

Toc Toc.

Duas batidas foram ouvidas na porta.

— Estou no banho agora, Jeremy. — confirmou ele imaginando ser seu irmão mais novo.

Toc Toc Toc.

Mais batidas foram ouvidas, dessa vez foram três vezes.

— Já falei que estou no banho, cara... — Disse ele já irritado — Vai embora! — balançou ele a cabeça para um lado e para o outro.

As batidas cessaram, Jaspér ficou na banheira por uns quinze minutos. Esfriando a cabeça, tentando não pensar nos acontecimentos de ultimamente.

Finalmente ele levantou-se, pegou sua toalha, se enxugou e vestiu sua roupa. Pegou sua escova de dente e colocou pasta. Ele se encarava no espelho, viu seus olhos cansados, e olheiras ao redor. Ele não dormiu quase nada naquela noite. E quando finalmente cochilou, acordou com aquela figura horrenda no seu rosto.

Quase terminando de escovar a boca, ele cuspiu na pia, e encarou seu rosto mais uma vez. E pensou:

"Será que aquilo não funcionou?", pensou, vendo água caindo da torneira. "Será que deu errado?".

Ele voltou seus olhos para o espelho novamente, e viu um ser se materializar atrás dele pelo reflexo no espelho. Ele virou-se rapidamente para trás, sua respiração estava ofegante, ele se apoiou na pia, devido ao grande pulo que deu ao se virar, mas não havia nada atrás dele.

— Acho que estou ficando louco. — Disse a si mesmo tentando controlar sua respiração.

Ele virou para a pia, lavou seu rosto, pegou sua toalhinha e foi embora do banheiro, apressado.

Ele andava pelo corredor, em direção ao quarto de seus pais. Ele entrou e chegou dizendo:

— Jeremy, pode ir ago... — Ele pausou a sua fala ao perceber que seu irmão estava dormindo e ainda não tinha acordado.

"O que está acontecendo comigo?"

Uma mão gelada toca seu ombro, o fazendo gritar de susto e dar um passo para frente.

— Aaaaaah — Ele virou para trás. Era sua mãe que estava lavando louça, por isso as mãos geladas. Ela veio ver se Jeremy já havia acordado.

— Eii Shii... — colocou o dedo frente a boca, fazendo o sinal de silêncio — Não vê que seu irmão ainda está dormindo? — Cochichou ela.

— Eu... Eu... Preciso ir. — Disse ele saindo do quarto.

Erika foi a primeira a se levantar naquela manhã. Logo cedo já estava perambulando pela casa primeiro que todo mundo, à procura das duas moedas que, aquele jovem misterioso chamado Ruy tinha mandado ela procurar. Cansada de procurar, ela foi até o banheiro lavar seu rosto.

Chegando lá, ela observa um papel saindo do bolso da calça de Jaspér, que tinha esquecido lá. Ela o pegou, e fixou seus olhos no papel ao ver um tutorial de alguma brincadeira. Mas o que mais chamou sua atenção, foram duas moedas, bem diferentes daquelas que ela já viu em sua região.

"Será que são essas as moedas que Ruy tanto falava?", se perguntou, levando a mão ao queixo.

Ela colocou o papel no bolso, e foi embora para seu quarto. Queria encontrar aquele cara de olhos sombrios novamente, pois tinha que lhe mostrar o que tinha encontrado.

Jeremy brincava no quarto dos pais, já tinha se passado o café da manhã, e eram mais ou menos, 10 horas naquela manhã. Ele brincava de lutinha com seus bonequinhos de super-heróis. Destruído, ele ouve uma voz, que pensa ser seu pai.

— Eii, garoto.

— Pa… pa.. pai? – Ele olha de um lado ao outro, e não vê ninguém.

Assustado, ele fica mais atento, olhando para todos os lados.

— Estou aqui!

— Quem é vo… você?

— Não tenha medo, — A voz parecia se aproximar. — eu sou seu amigo.

— E porque não te vejo?

— Você me ouve, não é o suficiente?

— É, acho que sim. — Confirmou Jeremy, ainda assustado.

Letícia entra no quarto, e nota um comportamento estranho de seu filho. Jeremy estava sentado, sozinho, conversando com alguém.

— Com quem fala, meu amor? — Ele perguntou, intrigada.

— Com o Pedro, mamãe.

— E, quem é Pedro?

— Meu amigo. — Mas não tem ninguém aqui, Jeremy. — disse ela, olhando de um canto ao outro.

— Ele está do seu lado. — apontou para o lado esquerdo de sua mãe.

Letícia gelou na hora, seu corpo se arrepiou por completo. Ela lentamente olha para o lado, e não vê ninguém lá. Ela respirou fundo, pegou Jeremy nos braços e saiu do quarto, para voltar a fazer seus afazeres.

Chegado o fim da tarde, Erika estava sentada naquele mesmo lugar depois do milharal, que encontrou com Ruy outro dia. Ela já estava ali à horas, e não aguentava mais esperar. Se levantou de onde estava sentada, e caminhou de volta pra casa, chateada por ele não ter aparecido.

Quando uma voz a chamou:

— Aqui estou eu. — Apareceu ele abrindo os braços — Estava com saudades? — Disse em um tom sarcástico.

— Que demora, em? — Olhou para ele balançando a cabeça.

— Encontrou as moedas? — Perguntou Ruy abrindo um sorriso.

— Não! Mas encontrei isso — tirou um papel do bolso e deu para Ruy.

— Hmm... Isso significa que está lá. — disse ele olhando para o papel — Onde encontrou isso? — Perguntou-a apontando para o papel.

— Estava no bolso da calça do meu irmão — Respondeu Erika dando de ombros.

— Então as moedas estão com ele — Confirmou ele colocando a mão no queixo. — Espero que ele não tenha jogado. — Abaixou a cabeça.

— E o que acon....

— Temos que achar, e não deixar que ele jogue ou... que jogue de novo — disse Ruy interrompendo Erika e colocando aquele papel em sua jaqueta. — As duas eu apareço no seu quarto. — Disse a Erika com um olhar sério.

— Primeiro me fala... — Deu uma pausa. — Quem é você? Onde você mora? Do nada você aparece e desaparece, isso me assusta.

— Eu só quero lhe proteger — tocou-a em seus ombros.

— Erikaaa! Erikaaa! — Seu pai chamava seu nome no meio do milharal.

— Aah... tô indo, pai. — Respondeu ela gritando.

Quando ela se virou, Ruy já tinha sumido, como num piscar de olhos. Erika sabia que ele escondia alguma coisa e ela tinha que descobrir, custe o que custar.

5

A POSSESSÃO

Erika tomava seu café na mesa, junto a seu pai. Letícia lavava a louça e os outros garotos ainda estavam no quarto. Erika observa uma notícia, descrita no jornal que seu pai colocou em cima da mesa.

— "Ataque de animais nas redondezas do interior de Caruaru. Dois corpos encontrados, já sem vida, no meio da mata." — Ela leu em voz baixa.

— Viram o noticiário? — Álvaro tentou puxar assunto.

— Sim, bem estranho. — Erika levou a mão ao queixo.

— O que aconteceu? — perguntou Letícia, secando os pratos.

— Duas pessoas mortas, aqui perto, provavelmente por ataques de animais. — Álvaro pareceu gostar de coisas envolvendo assassinatos.

— Credo! — Disse Letícia, fazendo o sinal da cruz.

Todos voltaram a fazer seus afazeres, Erika e Álvaro terminavam seu café, e Jeremy chegava para sentar na mesa. Letícia coloca o café dele e umas bolachinhas para ele comer, e percebe Erika um pouco cabisbaixa.

— Está tudo bem, Erika?

— Sim, só não dormi muito bem a noite.

— Pesadelos? — Perguntou Álvaro.

— Não, estava sem sono. — Explicou.

Álvaro termina de tomar seu café e se levanta, dando um beijo na testa de sua esposa.

— Vou passar no mercado mais tarde, — pausou ele para se espreguiçar. — quer ir comigo, Erika?

— Não, obrigada. — disse ela, também se levantando. — Vou ler um pouco.

Erika se retirou da mesa, e se dirigiu ao quarto.

— Levo o Jeremy. — sugeriu Letícia.

— Ebaaaaa! — se animou ele, abocanhando sua última bolacha.

Já era uma hora da madrugada, e mais uma vez Jaspér preparou tudo para o ritual. Ele queria uma resposta, queria se comunicar com espíritos.

O círculo ainda estava no chão, ele colocou as velas ao redor e as ascendeu. As moedas estavam debaixo da cama. Ele se ajoelhou e colocou as mãos para ver se conseguia pegá-las. Uma estava perto, e ele conseguiu pegar, já a outra estava um pouco mais a frente. Ele se esticou ainda mais, quase entrando debaixo da cama, quando algo o puxou tão forte que ele foi arrastado batendo sua testa na cama, o fazendo gemer de dor. Ele pegou a moeda e se levantou rapidamente. Sua cabeça latejava de dor, o medo parecia o dominar, mas mesmo assim ele continuou.

Sentado no chão, ele pegou as moedas com uma mão, e a outra estava na sua testa, como se ele quisesse segurar aquela dor insuportável que estava sentindo. Com tudo pronto, ele iniciou.

— Tem algum espírito aqui comigo? — Perguntou ele com os olhos fechados, e em seguida jogou as moedas.

"SIM"

As moedas caíram viradas para Cara, assim a resposta do espírito foi sim.

Jaspér arregalou os olhos, todo seu corpo se arrepiou. Dessa vez o espírito respondeu de primeira e, pelo jeito, queria falar com ele.

— É você quem está me perseguindo nesses últimos dias? — Jaspér foi logo direto.

"SIM"

As moedas novamente caíram Cara.

— Você está preso no jogo? — Fez uma pergunta que ele estava com medo da resposta, então jogou as moedas.

"NÃO"

Dessa vez, elas caíram todas Coroa.

De repente, todo seu braço esquerdo se arrepiou. Jaspér já tinha ouvido falar que, quando você sente um lado de seu corpo arrepiar, é porque há um espírito do seu lado. Ele aproveitou e resolveu perguntar.

— Você está ao meu lado?

Antes de jogar as moedas, passos eram ouvidos de fora do quarto, e ficavam cada vez mais altos. Jaspér se apressou e chutou as velas no chão, e colocou as moedas debaixo do travesseiro. Deitou-se, e fingiu estar dormindo. Ele tinha quebrado uma das regras descritas naquele papel: "Nunca saia do jogo, sem que o espírito permita".

Jaspér viu o círculo que ele tinha feito no chão brilhar, um brilho tão forte que clareou seu quarto. Seus olhos estavam arregalados, as janelas abriram-se com o vento forte lá fora. A porta se abriu e Erika e Ruy entraram no quarto, mas não havia ninguém lá. Jaspér simplesmente desapareceu.

Erika pensou que ele tinha ido ao banheiro, e os dois aproveitaram para revirar o quarto, atrás daquelas moedas. Quando Ruy percebe o círculo no chão e umas velas espalhadas. Ruy e Erika se encaram.

— Não me diga que... — Erika pausou sua fala arregalando os olhos.

Ruy apenas balançou sua cabeça confirmando o que ele já sabia que Erika iria dizer.

— Temos que encontrar seu irmão! — Disse Ruy sussurrando para Erika.

— Calma... — Tirou ela as mãos debaixo do travesseiro. — As moedas. — Levantou-as mostrando as moedas a Ruy.

"Ótimo!", pensou Ruy, abrindo um sorriso.

Os dois saíram do quarto em busca de Jaspér. Procuraram por toda a casa, mas não o encontraram. Ele não estava mais lá.

Já do lado de fora, os dois decidiram procurar nos arredores da casa. No celeiro, dentro do milharal, em algum lugar que Jaspér poderia estar.

Já se passavam das três horas e nada de seu irmão aparecer. Erika estava com os olhos cheios de lágrimas, temendo que algo de mal tivesse acontecido ao seu irmão.

Ao perceber isso, Ruy foi até ela e a abraçou, fazendo-a cair em lágrimas.

— Vai ficar tudo bem... Nós vamos encontrar ele. — Beijou ele a sua testa. — Confie em mim.

Erika apenas olhou nos olhos dele e balançou a cabeça em sinal de confirmação com o que ele disse, e o abraçou forte.

No dia seguinte, já com o sol em claro, eles haviam se separado. Combinaram que depois que o sol nascer, se encontrariam no celeiro, mas Ruy não apareceu. Ele tinha sumido, mais uma vez, ou ido embora... Erika colocou a mão em seu bolso, e viu que só havia uma moeda com ela, a outra sumiu, não estava mais com ela.

"Ele a pegou.", pensou ela, levando a mão à testa.

— Eu sabia que não devia confiar nele. — Falou ela bufando de raiva.

Já se passava do meio dia, todos já estavam preocupados e procurando Jaspér. Ele não era de sair de casa, nem do seu quarto, e desaparecer fez com que todos ficassem inquietos sem parar um minuto. Erika decidiu tentar ir atrás de Ruy, ele prometeu ajudar ela nessa, mas acabou indo embora e ainda levou uma das moedas.

— Se ele precisa das duas... Então ele vai vim buscar a outra — Disse a si mesma, tentando se convencer de que Ruy, voltaria.

Finalmente Ruy apareceu, e quando Erika se preparou para xingá-lo, ela notou que ele não estava sozinho. Tinha outro rapaz com ele, um jovem louro, de olhos azuis claro, e estava com a roupa toda branca. Eles se aproximaram da garota, e Ruy o apresentou:

— Esse é Castiel! — Disse Ruy apontando para o outro garoto. — Ele é um anjo!

— O quê...? Um anjo? — Questionou Erika não acreditando no que Ruy falou.

— Eu vou explicar. — Ele sentou-se no chão e começou sua explicação. — O Castiel é um anjo, e eu pedi sua ajuda para podermos derrotar esse demônio, que pelo o que ele me falou... — Ele olhou de um lado ao outro — É bem forte!

— Mas... Mas... E o meu irmão? — Os olhos de Erika se encheram de lágrimas quando lembrou de Jaspér.

— Nós vamos trazer seu irmão de volta — disse Castiel em um tom de superioridade.

— Bom, deixando as apresentações de lado... — disse Ruy sarcasticamente. — Precisamos entrar no porão da sua casa e... - Ruy foi interrompido por Erika.

— Porão? Que porão? — Erika parecia não saber do que ele estava falando. — Não sabia que tinha porão na minha casa.

— Então iremos procurar! — Mas uma vez Castiel afirmou o que disse.

— Sim, Castiel — Confirmou o que ele havia dito. — Lá... É onde fica o portal para o outro lado... — Levantou-se Ruy — E com as moedas iremos entrar e trazer seu irmão de volta.

Os três partiram em busca desse tal porão, Erika mais do que nunca decidida a encontrar seu irmão e salvá-lo do que quer seja que o tenha levado. Enquanto andavam à procura do porão, Erika decidiu perguntar mais uma vez:

— Por favor... Ruy, — Respirou fundo — Me conta quem é você?

— Vou lhe contar a verdade — Ele parou e olhou para Erika. — Vamos sentar, é uma longa história.

Os dois se sentaram na varanda da casa, e ele começou a contar…

— Bom, há muito tempo atrás... — olhou para o nada, como se imaginasse toda a cena.

Seus pais, Rick Maluf, um príncipe, que abandonou seu Reino faltando uma semana para ser coroado o Rei de Marlioni, para fugir e viver ao lado do seu grande amor, Rebeka, uma bruxa muito poderosa que morava num continente onde as leis de lá eram muito rígidas, e nenhuma bruxa poderia se envolver com nenhuma outra espécie a não ser um bruxo.

— Meu irmão? Onde está indo? — Perguntou Ronald, ao ver Rick arrumando uma mala para fugir a noite.

— Preciso ir... Cuide-se, e seja um bom Rei para o nosso povo. — Colocou as mãos em seus ombros. — Eu voltarei, irmão. — Sorriu Rick partindo em direção a porta dos fundos do castelo.

Rick partiu em seu cavalo até o continente Balneviano, o continente das bruxas. Ao chegar lá, Rebeka já o esperava na porta da entrada do continente. Rick desceu do cavalo e a beijou apaixonadamente, e disse:

— Finalmente vamos ser felizes — Ele sorriu pra ela. Seus olhos brilhavam, assim como os dela.

— Sim, meu amor. — Confirmou Rebeka, dando outro beijo nele.

Quando montaram no cavalo, uma flecha em chamas passou de raspão pelo rosto de Rick. Eram os guardas bruxos, treinados para guerras e também grandes magos, que ocupavam a segunda patente de poderes, logo atrás dos bruxos reais.

— Conseguimos despistá-los! — Afirmou Rebeka comemorando o que acontecera. Fugiram para um lugar onde viveriam juntos para sempre, e teriam a sua tão sonhada família.

Depois de um bom tempo juntos tiveram seu único filho, Ruy nasceu. Criado com muito amor e carinho. Mas eles não sabiam se Ruy seria um bruxo ou não. Com o passar dos anos, notaram que Ruy sempre teve pesadelos e não sabiam o porquê.

Quando Ruy completou 8 anos, os bruxos descobriram onde eles moravam e atacaram a casa deles, destruindo e colocando fogo em toda a redondeza, para que eles não pudessem fugir. Os Bruxos levaram Ruy junto a eles para o seu continente, e assassinaram brutalmente seus pais.

Mas um anjo chamado Castiel, não gostou nada do que os bruxos fizeram e decidiu invadir para resgatar Ruy das mãos dos malditos bruxos. Mesmo ele sendo um só, Castiel era muito mais forte que todos daquela aldeia onde Ruy estava. E ele conseguiu resgatar o garoto em segurança, agora, Castiel tinha a missão de cuidar dele, e transformar aquela criança em um bom homem, e viver sua vida o mais longe possível dos bruxos. Nas mãos erradas, Ruy poderia se tornar uma arma muito poderosa e utilizar seus poderes para o mal.

Ruy já aos 12 anos, era um jovem das sombras, gostava de suas vestimentas escuras, e não gostava muito de sair. Além de ser um menino bastante educado, ele tinha um bom coração e se realmente ele tivesse poderes mágicos, seria usado apenas para o bem, como Castiel havia o ensinado.

Os dois juntos, sempre lutaram lado a lado para vencer o mal diversas vezes, indo para o outro lado, e trazendo de volta pessoas boas que foram consumidas pelo mal.

— E essa é a minha história. — Finalizou Ruy abaixando sua cabeça.

— Nossa! — Erika tocou seu ombro. — Sinto muito pelos seus pais.

— Tudo bem... Pelos menos ganhei um grande pai, igual Castiel foi pra mim — Abriu um grande sorriso.

— Encontrei! Encontrei! — Castiel chegou correndo na varanda. — Encontrei o porão, vamos... Atrás do celeiro.

Os três foram logo atrás do anjo que tinha encontrado o tal porão.

6

O OUTRO LADO

Chegando no local onde Castiel havia dito que tinha encontrado o porão, tinha uma porta, uma entrada coberta de grama alta cobrindo praticamente ele todo. Ao retirarem tudo o que cobria a passagem, descobriram que para entrar lá eles teriam que ir em busca de uma chave.

— Está trancado! — Afirmou Ruy. — Temos que encontrar uma chave para abrir isso.

— Você tem a chave daqui, não tem? — Perguntou Castiel direcionando-se à Erika.

— Eu... Eu não sei — Ela deu de ombros.

— Bom, agora mais uma vez... — Ruy respirou fundo — viraremos detetives para encontrar essa chave. — brincou Ruy.

Agora, a nova missão do trio, era encontrar a chave que abrirá o porão.

— Já sei! — Falou Erika em um tom alto. — Meus pais tem uma caixa com várias chaves lá na cozinha, talvez ela esteja por lá.

— Ótimo! Vamos pegar essa caixa. — Ruy seguiu na frente, enquanto Castiel e Erika iam logo atrás.

Entrando na cozinha, Erika pegou uma caixa pequena em cima do armário.

— Pronto é essa! - Ela entregou a caixa para Castiel.

— Nossa! Tem bastante chave aqui. — Deu um sorriso constrangido.

— Castiel, testa todas as que forem um triângulo, — Ordenou Ruy. — e quando conseguir me avisa.

— Sim, senhor. — Disse Castiel ironicamente.

— Vai logo. — Respondeu Ruy dando um tapinha em suas costas e dando risada.

Erika e Ruy ficaram mais uma vez conversando juntos, conversando a sós, dessa vez no quarto de Erika.

— Será que eu nunca mais vou ver meu irmão? — Se lamentou Erika, cabisbaixa.

— É claro que vai! - Ruy sentou ao lado dela na cama. — Nós vamos salvar ele, juntos... E eu prometo que ele vai ficar bem.

Os dois se encaravam olhando nos olhos, Erika, sempre encantada por Ruy, principalmente pelos seus olhos, pela escuridão que tinha atrás deles. Após alguns segundos se olhando, Ruy decidiu tomar uma atitude. Pegou a mão de Erika, e devagar foi em direção ao seu rosto e a beijou. Erika ficou vermelha, envergonhada pois aquele foi o seu primeiro beijo. Ruy passou a mão em seu rosto, e logo em seguida abraçou ela.

— Está aberto o por... — Castiel chegou no quarto e viu os dois abraçados, e abriu um sorriso. — Desculpa atrapalhar, mas... Consegui abrir o porão. — Concluiu ele, bastante animado.

— Ótimo. — disse Ruy, envergonhado.

Já na frente do porão, os três adentraram e deram de cara com um lugar sujo e muito empoeirado, com vários móveis velhos cobertos por um pano branco.

— Atchim! — Espirrou Erika — Ai Ai essa minha rinite — Disse ela tentando ser engraçada.

— Ali está a porta! Vamos. — Apontou um arco formando como se fosse uma passagem.

Em um pilar baixo, tinha dois buracos, o tamanho exato para o encaixe das moedas. Os três se olharam e Ruy com as moedas já na mão, as colocou uma por uma, bem devagar. Por um momento nada aconteceu, um silêncio ensurdecedor tomava conta do lugar.

"Será que deu errado?", pensou Ruy, olhando para Castiel e franzindo as sobrancelhas.

— Funcionou? — Erika quebrou o silêncio, olhando para os dois.

— Não sei. — Respondeu Ruy um tanto que decepcionado.

Quando um estalo se ouviu, os três deram um passo para trás. Um brilho tomou conta daquele arco, tão forte que os trio não conseguia olhar para ele. E quando finalmente puderam, viram que a passagem se abriu.

Erika estava encantada, seus olhos brilhavam. Ela logo deu um passo em direção ao arco.

— Calma! — Disse Castiel que até então estava calado. — Tome Ruy — Deu-lhe uma espada que parecia estar em chamas.

— Para que isso? — Questionou Erika.

— Para nossa proteção. — Respondeu ele chegando perto do portal. — Você não sabe o que nos espera lá dentro.

— Vamos! Fique atrás da gente. — Entrou Ruy, logo depois de Castiel.

Já do outro lado, eles chegaram em um lugar onde tudo era branco, até demais. Parecia que não tinha mais ninguém lá, além deles. Caminharam os três juntos, por muitos e muitos metros, até que se cansaram e decidiram descansar.

— Não aguento mais andar... Parece não ter fim. — Reclamou Erika.

— Mas temos que continuar. — Contestou Castiel, atento a qualquer coisa estranha naquele lugar.

— Está muito quieto aqui. — Estranhou Ruy.

— Até demais — Afirmou Castiel.

Em um piscar de olhos, um portal se abre frente a eles. De dentro dele saiu um Cerberus, um monstruoso cão de três cabeças que guardava o outro lado, despedaçando qualquer ser que ousasse se aventurar naquele mundo. Ele era grande, de cor negra, e com os olhos amarelados.

— Não acredito! — Se assustou Castiel ao ver aquela criatura.

— Que coisa é essa? — Perguntou Erika desesperada.

— É um Cérberus, o cão dos infernos. — Explicou Ruy — Se não fugirmos, nós vamos morrer. — gritou desesperado.

— Ele é muito forte... — disse Castiel com sua respiração ofegante — não conseguiremos derrotá-lo.

O monstro de três cabeças foi ferozmente para cima deles, os obrigando a terem que lutar para protegerem Erika.

— Corree! — gritou Ruy para Erika.

A criatura acertou Castiel em cheio o fazendo cair no chão quase desmaiado. Ruy apontou sua espada, soltando fogo que saiu dela em direção a criatura. Mas ela conseguiu desviar. Aquela criatura era ágil, e também muito forte.

— Castiel! Castiel! — gritou Ruy por ele. — Congela ele, assim ganharemos temp... — Ruy foi acertado bruscamente pela criatura, fazendo ele voar longe.

— Nãooo! — gritou assustada Erika.

Ao ouvi-la gritar, a criatura correu em sua direção. Castiel ao notar, rapidamente soltou de sua espada um poder que congelou por completo aquela criatura, dando tempo de correrem e de Ruy se levantar. Não durou muito e a criatura conseguiu se livrar, e Castiel puxou Erika para correrem para longe.

— Corram! Eu atraso ele. — Disse Ruy confiante naquele momento.

Sem pensar muito, Castiel fez o que seu amigo tinha pedido. Ruy com sua espada, dessa vez conseguiu acertar em cheio a criatura, fazendo uma de suas patas entrarem em chamas. Nisso, ele aproveitou para subir em cima dela, e Ruy dominado pelo ódio e o poder que tinha, conseguiu ativar um poder tão forte na sua espada que cravou ela em chamas no pescoço central daquele criatura, a fazendo berrar de dor, e o jogando para bem longe, caindo ele completamente desacordado no chão. Castiel pegou Ruy rapidamente e foi embora, o mais rápido que pode. E a criatura ficou lá se contorcendo de dor, e com sua cabeça do meio completamente em chamas.

Quando pararam, Castiel colocou Ruy no chão. E Erika foi correndo abraçá-lo.

— Ruy! Ruy! Acorda... Por favor. — Tentou fazer com que Ruy acordasse, Erika estava com medo de perdê-lo.

Ruy aos poucos foi abrindo os olhos, e Erika o beijou na boca, fazendo Castiel arregalar seus olhos e abrir um belo sorriso.

— O que... Aconteceu? — Perguntou Ruy — Cadê a criatura?

— Você conseguiu. — disse Castiel muito orgulhoso dele.

— Consegui? — Se perguntou Ruy.

— Sim, Ruy. Você derrotou aquela aberração. - completou Erika também com um olhar orgulhoso para Ruy.

Quando Ruy conseguiu ficar de pé, e forte novamente, os três prosseguiram em busca de Jaspér que estava possuído pelo demônio, e tiveram que se apressar, pois já se passou muito tempo desde que ele sumiu.

Eles caminharam por mais algumas horas dentro daquele mundo, estavam cansados e seus pés já não aguentavam mais de tanto caminhar. Erika voltou-se para Ruy e quebrou o silêncio que percorria todo o caminho até aqui.

— Achei que aqui do outro lado tivesse mais coisa, mais pessoas ou criaturas, sei lá... — disse ela em um tom sarcástico — E não que fosse totalmente vazio. — Complementou sua observação.

— E isso é o que mais assusta... O vazio. — Parou Ruy, olhando para o nada — O vazio é o lugar onde mais há tristeza, e se não tomarmos cuidado... Esse vazio nos preenche e nos mata. — Concluiu Ruy.

Os três se calaram mais uma vez, e continuaram sua jornada, em busca de Jaspér. Ruy estava pensativo, falava pouco e às vezes só respondia Erika. Já Castiel foi o caminho inteiro calado, sem falar uma palavra sequer.

Quando eles estavam já desistindo, uma nuvem negra surgiu do nada, ficando frente a eles. Ruy e Castiel se pararam rapidamente, e deram um passo à frente, colocando Erika atrás deles, para protegê-la.

Aquela fumaça negra pairou na frente deles, se materializando em uma forma humana, que ainda não se podia ter certeza quem estava ali. E quando finalmente puderam ver o que tinha ali, era Jaspér, com seu rosto pálido, com os olhos brancos, e ao redor em uma sombra preta. Ele estava totalmente possuído pelo demônio.

— Chegaram tarde... Não acham? — Quebrou o silêncio o demônio encarando profundamente os três.

— Deixe o garoto em paz, e lute com a gente. — gritou Castiel que até então estava calado.

— Com todo prazer. — Uma fumaça negra saiu da boca de Jaspér indo mais a frente deles, deixando o corpo do garoto e caindo no chão.

Uma criatura com a forma humana surgiu em meio aquela fumaça tinha a aparência de um homem, alto, com o rosto pálido. Sua boca parecia ter sido costurada, seus olhos eram completamente pretos, e seus cabelos eram longos e lisos que batiam abaixo de seus ombros. Aquela entidade os encarava esperando que algum deles se manifestasse depois daquela apresentação sua.

— Muito prazer, cavalheiros, — gargalhou ela.- Meu nome é Amaro, sou o demônio Bughull. — abriu ele os braços — E odeio visitas inesperadas .

— Nós só queremos que deixem essa família em paz. — disse Ruy em voz autoritária.

— Não Não Não... — deu dois passos à frente. Minha missão não é essa, amigos...

— Não somos seus amigos seu... Ser imundo — gritou Erika surgindo atrás dos dois garotos.

— Confesso que já me chamaram de coisas piores. — Retrucou o demônio entrelaçando os dedos. — Mas continuando... Só tenho que matar todos, e se vocês dois não me atrapalharem, talvez deixo vocês viverem.

— Não vou deixar que acabe com minha família. — disse Erika em um tom alto.

— Ha Ha Ha... — deu risada da fala de Erika. — Já comecei meu trabalho. Quando voltar, você terá uma surpresinha. Se voltar...

No mesmo instante Erika lembrou de seus pais, que haviam ficado sozinhos junto ao seu irmão mais novo, que agora temia que algo aquela coisa fizesse a eles.

— Bom... Já passou minha hora. — disse a entidade voltando para o corpo de Jaspér. — fiquem com a surpresinha. — E ele desapareceu formando uma fumaça e sumindo no ar.

Antes de ir, a entidade fez aparecer duas aves gigantes. Tinham suas penas brilhantes e douradas, o dobro do tamanho de uma águia.

— Duas Fênix — disse Castiel olhando para as aves. — Temos que voltar, imediatamente.

Os três partiram em disparada , voltando de onde vieram, não conseguiram lutar com Bughull para salvar Jaspér, e agora Erika e os outros dois teriam que voltar para casa para salvar seus pais.

— Não acredito... Parem! — gritou Castiel assustado. — O Cérberus está voltando!

— Agora estamos perdidos. — disse Ruy olhando para frente onde estava o Cérberus, e para trás onde vinha a gigante ave, a Fênix.

Em um movimento rápido, o Cérberus saltou por cima dos três, indo em direção a Fênix. Castiel não entendeu nada, nunca tinha visto uma luta de duas criaturas tão fortes e gigantescas. Enquanto lutavam, os três partiram em direção a saída para tentar voltar para o seu mundo real.

— Socorroo! — gritava aterrorizada Letícia, enquanto via Jaspér vindo em sua direção com uma faca bem afiada, em suas mãos.

Álvaro estava em um sono profundo, pois tinha bebido um café e no fundo dele havia pastilhas de comprimidos para dormir, que tinha sido colocada lá por Jaspér ou Amaro, seja lá quem ele for.

Amaro chegou em frente a Letícia, que estava amarrada pelas mãos e pernas no chão. Ele pegou sua faca e cortou prazerosamente a garganta da vítima enquanto dava altas gargalhadas. Já se passavam das oito da noite quando tudo acontecia.

Erika, Ruy e Castiel voltaram do portal para o outro lado, e saíram correndo do porão, à procura da família de Erika que estava em perigo, pois o que aquela entidade queria, era ver todos mortos.

Cérberus, era um cachorro de aspecto monstruoso com três cabeças e uma cauda de serpente. Esta criatura de aparência feroz cumpria uma função muito específica: proteger as portas do submundo ou reino de Hades.

A Fênix era uma bela ave que possuía uma força extraordinária e podia viver quinhentos anos. Suas penas seriam vermelhas, enquanto o bico, a cauda e as garras seriam douradas. Suas lágrimas podiam curar qualquer doença, possuía um lindo canto e ao final da vida entoava uma melodia triste. Após isto, queimava-se, voltava a ressurgir e as cinzas que sobravam deste processo tinham a propriedade de ressuscitar os mortos.

7

A DESTRUIÇÃO DO JOGO

Ao chegarem na sala da casa, encontraram Letícia morta no chão, amarrada, com sua garganta cortada. Castiel logo percebeu que ela estava dentro de um círculo que provavelmente, foi desenhado com seu próprio sangue. Erika não acreditava no que viu, e correu desesperada se agarrando com o corpo da mãe. Ela chorava, e se perguntava o porquê daquilo estar acontecendo com ela. Castiel olhou para Ruy, e fez sinal com a cabeça para que ele fosse lá tentar acalmá-la.

Ruy a abraçou e tentou consolá-la.

— Nós vamos sair dessa. — segurou Ruy, o rosto de Erika.

— Papai... Cadê meu pai? — correu Erika em busca de encontrar seu pai.

Ela o encontrou deitado em sua cama, aparentemente só desacordado, ainda com o efeito da droga que foi colocada em sua xícara de café. Do seu lado esquerdo tinha um espelho grande, que antes de ir, ela ficou olhando pra si. Um ser apareceu em seu ombro rapidamente, foi quando ela gritou:

— Me deixaa em paaz.

Ruy e Castiel correram até o quarto, e encontraram Erika sentada no chão abraçada com suas pernas, e chorando muito. Aquela noite, foi a pior da vida dela.

— Escuta aqui... — Ruy a segurou em seus braços — Eu não vou deixar que nada aconteça com você, Erika. Entendeu?

— Obrigada. — Agradeceu Erika enxugando as lágrimas do rosto.

— Eu amo você Erika, e eu vou te proteger... até o fim. — Finalizou ele, levantando-a do chão.

Enquanto voltavam para a sala, Castiel teve um ideia.

— Por quê não tentamos nos conectar com o jogo e...assim destruí-lo?. — disse ele com firmeza em suas palavras.

— Ótima ideia! — se animou Ruy. — Não podemos perder mais tempo.

Foram para o quarto de Jaspér onde estava o círculo desenhado no chão, onde todo o jogo começou.

— As velas estão aqui. — Entregou Castiel as quatro velas a Ruy.

— Trouxe as moedas? — Virou-se para Erika.

— Estão aqui! — Erika passou para as mãos de Ruy. E antes de soltar as moedas, ela segurou as mãos dele e continuou — Toma cuidado, eu te amo, Ruy. — Os dois sorriram um pro outro.

Ruy colocou as velas ao redor e as acendeu. Depois que todos se sentaram, Ruy iniciou o Ritual:

— Estamos aqui, para pedir ajuda. — iniciou Ruy, com os olhos fechados. — Queremos finalizar esse jogo... E acabar com essa entidade que nos atormenta. — Ruy olhou para Erika e Castiel, e logo em seguida fez a pergunta. — Podemos terminar o jogo? — Ele jogou as duas moedas.

"NÃO".

As moedas caíram viradas para Coroa.

— O que isso significa? — Perguntou Erika sem saber o que estava acontecendo.

— Significa que o espírito respondeu "não". — Explicou Castiel.

Ruy pegou as moedas, e colocou em suas mãos novamente.

— Fizemos algo de errado, e por isso temos que pagar? — Perguntou Ruy respirando fundo, e jogou as moedas.

"SIM".

As moedas caíram em Cara.

Erika abriu a sua boca se impressionando e não acreditando no que estava acontecendo, sua vida estava de cabeça pra baixo depois que seus pais se mudaram para aquela casa, ela perdeu sua mãe, e seu irmão tinha sumido. O desespero era notável em seu rosto, ela não queria estar ali.

— Nos deixem sair! — ordenou Ruy.

Quando ele se preparou para jogar as moedas, ele sentiu como se as garras o atingissem em suas costas. Ele gemeu de dor. Castiel levantou sua camisa, e notou marcas de garras em suas costas, provavelmente causadas pelo espírito, irritado com Ruy.

— το όνομά μου i... — Levantou-se Castiel falando em uma língua muito estranha, parecia grego. — Διατάζω να σπάσει κάθε παιχνίδι ΤΩΡΑ — completou Castiel ordenando para que todo jogo fosse desfeito e destruído.

De repente, as duas moedas que estavam no chão, começaram a flutuar. O círculo no chão começou a brilhar, e logo em seguida se formou um círculo de chamas, e as moedas que estavam no alto, se chocaram uma contra a outra, assim, se destruindo e soltando faíscas para todos os lados. E aquela chama se cessou, desaparecendo também o círculo que estava no chão.

O sol já começava a sair, e os três ainda estavam na casa, tentando ter certeza de que nada iria acontecer com mais ninguém.

Eles pensaram que tudo havia acabado, estava tudo quieto depois do jogo ser destruído. Quando Castiel chega correndo, para avisar que mais uma tragédia havia acontecido.

— Ruy Ruy — gritou por ele. — Ainda não acabou.

Castiel levou Ruy e Erika para trás da casa. E quando chegaram lá, Álvaro, o pai de Erika, estava morto enforcado na mesma árvore perto do lago.

— Oh não!

Ruy não acreditou no que viu. Arregou os olhos e levou sua mão à boca.

— Meu pai não — Erika correu já em lágrimas segurando o corpo do pai. Ruy ajudou a tirar aquela corda do pescoço.

Já era tarde demais, agora os pais de Erika estavam mortos, seu irmão estava possuído só sobrou ela e seu irmão mais novo, Jeremy.

— Seus malditos! — Proclamou ela caindo em lágrimas.— O que está acontecendo? — disse Erika aos prantos no colo de Ruy. — Eu estou perdendo todo mundo que amo.

— Você não vai me perder. — expressou Ruy passando a mão sobre sua cabeça.

Castiel ficou encarregado de cuidar de Jeremy, e não deixar que nenhum mal acontecesse com o pequenino, que dormia enquanto tudo aquilo aconteceu. Erika já perdeu pessoas demais nesses últimos dias, e não suportaria perder mais alguém que ama.

Era noite, e estava chovendo muito lá fora. Ruy andava pela casa, indo em direção ao banheiro, Erika estava em seu quarto, e Castiel estava junto a Jeremy. Assim que Ruy entrou no banheiro, ele sentiu algo passar correndo bem atrás dele. Ele se virou rapidamente olhando para um lado e outro, mas não viu nada. De repente, passos eram ouvidos e provavelmente vindo da varanda, pois tinha barulho de poças de água sendo pisadas. Ruy ficou atento, e decidiu ver do que se tratava aquelas passadas.

— Castiel... É você? — Perguntou Ruy aos sussurros. Nada foi respondido, até que os passos se cessaram.

Ele se virou para ir até o quarto onde Erika estava, mas a porta principal que dava acesso a varanda, se abriu devagar. Ele virou lentamente, e observou, mas não tinha ninguém lá, então ele foi até o local para ter certeza e fechar a porta em seguida.

Quando ele chegou perto da porta, avistou algo, como se fosse um rosto o observando ao lado onde ficava o porão. Ele tentou focar mais sua visão para ver se conseguia identificar o que era, mas a neblina o impedia. Algo o tocou seu ombro, fazendo ele dar um salto e virando-se para ver o que era. Era apenas seu amigo Castiel, que olhou estranho para ele por causa de sua reação.

— Está tudo bem? — perguntou o anjo.

— Aah... Comigo? — gaguejou ele. — Está tudo bem, sim.

Ao voltar-se para fora, notou que o que tinha lá fora, tinha sumido.

— Pode ir descansar, — colocou ele a mão no ombro de Castiel, fechando a porta com a outra. — eu cuidarei do garoto.

Castiel não perguntou, e fez o que o amigo tinha lhe pedido.

Ruy, antes de ir ficar com Jeremy, decidiu passar no quarto de Erika, para ver como ela estava e se já tinha dormido. Ele olhou pela fresta da porta, e viu que ela ainda estava sentada na cama, e aparentemente chorando.

— Eii Eii — entrou ele no quarto — Por quê tá chorando?

— Eu só quero... que tudo isso acabe, sabe. — disse ela, abraçando-o fortemente.

— E vai acabar, eu prometo. — jurou ele segurando a mão dela. — E quando acabar... A gente vai estar juntos.

Ruy ficou até ela dormir, e assim que ela caiu no sono, ele fechou a porta do quarto e foi passar a noite com Jeremy.

8

O PORÃO

Ruy acordou cedo, e pelo jeito, foi o primeiro. Ele decidiu caminhar para ver se seus amigos ainda estavam na cama. Quando ele se aproximou da porta do quarto de Castiel, tinha uma fresta aberta, e ao colocar os olhos por aquela fresta, não tinha ninguém lá. Ele correu e foi agora para o quarto de Erika, que ao entrar, se deparou com a cama vazia.

"Não, não, não", dizia Ruy em pensamento enquanto corria pelos corredores à procura dos amigos desaparecidos.

Ele parou na porta da varanda, e colocou as mãos na cabeça, tentando se convencer de que nada aconteceu a eles. Ruy viu passar um vulto preto, indo na direção onde ficava o porão. Ao chegar lá, ele já encontrou a porta aberta, e correu para ver se seus amigos estavam lá dentro. Mas ao entrar ele deu de cara com os dois enforcados, ainda se remexendo com a corda no pescoço...

.... foi aí que ele acordou daquele terrível pesadelo. Se levantou correndo da cama, que por um segundo sua vista escureceu, e nesse momento um ser todo de preto, surgiu frente a seu rosto. Quando ele coçou os olhos, aquilo tinha sumido, e então ele prosseguiu até os quartos onde seus amigos dormiram.

— Erikaa! — Entrou correndo, se deparando com Erika e Castiel sentados na cama, alimentando Jeremy.

— O que aconteceu? — Levantou-se rápido da cama indo socorrer o amigo.

Ruy tentava recuperar o fôlego.Erika se levantou da cama, e deu-lhe um copo com água. Quando recuperou seu fôlego, ele se dirigia a palavra a Castiel:

— Vem comigo, — disse ele dando um gole daquela água — temos que ver uma coisa.

— Eu vou com vocês? — interferiu Erika.

— Não! — falou Ruy em um tom grosso. — É perigoso... fique aqui com Jeremy.

Enquanto Erika voltava pra cama, os dois saíram a caminho do porão.

— O que vamos fazer lá? — questionou Castiel.

— Tive um pesadelo! — foi a única coisa que Ruy falou para Castiel, e os dias seguiram adiante.

Os dois chegaram na porta do porão e quando chegaram lá se depararam com a porta entreaberta, como mostrava no sonho de Ruy.

Ao adentrarem no local, Castiel se assustou com o que viu. Não havia nenhum corpo enforcado lá, mas havia algo ainda mais sinistro.

— Meu Deus! - se assustou Castiel, levando a mão à boca.

— Não... est... estou acreditando. — tremia Ruy assustado com a cena.

Era um corpo, de um homem caído no chão. "Como ele foi parar ali." Se perguntou Ruy.

— Espera... — abriu os braços Castiel, — Eu já vi esse rosto... É dele... — olhou apavorado para Ruy.

— Dele qu... — pausou sua fala, agora ele sabe de quem é.

— Amaro! — os dois pronunciaram o nome, do corpo de quem estava caído no chão, ao mesmo tempo.

O corpo estava intacto, sem sinal de ferida ou envelhecimento depois de todo esse tempo. Provavelmente a Entidade largou o corpo ali, para se apoderar do corpo de Jaspér. Era o que eles pensavam...

Num descuido dos dois e em um movimento rápido, Amaro pulou em cima de Ruy para mordê-lo, mas Ruy conseguiu desviar e Castiel mais experiente e ágil, desferiu um soco no ser, que atacou Ruy, fazendo ele voar longe. Os dois correram até a saída e trancaram a porta o mais rápido possível.

Enquanto Erika preparava um suco para seu irmão, quando algo a puxou pelo ombro fazendo ela bater de costas na geladeira.

— Aaaaah, socorrooo! — gritou ela por ajuda.

Ruy e Castiel ouviram de onde estavam, e vieram correndo para saber o que tinha acontecido para Erika gritar daquela maneira.

— O que houve? — entrou Castiel sem saber o que acontecera ali, enquanto Ruy a levantava do chão.

— Algo me puxou — disse ela colocando a mão sobre a cabeça, pois tinha batido com ela na geladeira.

— Há mais de um... — concluiu Ruy olhando para Castiel.

— Mais de... Um? Como assim? — perguntou Erika sem entender nada do que eles estavam falando.

— Vamos para o quarto. — falou Ruy, segurando Erika pelo braço.

Os quatro se encontravam no mesmo quarto, Ruy, Castiel, Erika e Jeremy. Estavam todos apreensivos, Ruy e Castiel muito mais. Sabiam que não havia só um demônio à solta, e sim dois... ou mais, vai saber.

Decidiram então dormirem todos ali, juntos no mesmo quarto. Assim, estarão seguros e prontos para se protegerem.

Ruy dormiu no chão, junto a Castiel que também deitou-se no chão. Erika dormiu com seu irmão na cama, juntos. Era mais uma noite em que lá fora chovia bastante, assim foi a madrugada inteira.

Ruy se levantou cedo, para procurar informações no computador de Jaspér, que pudesse o ajudar a derrotar aquela criatura. Nele, Ruy encontrou várias fotos da Entidade, de cabelos longos e lisos, com sua boca que parecia ter sido costurada. E uma o chamou sua atenção: a entidade estava sugando, como se fosse a alma, de uma criança. Ao procurar mais profundamente, ele encontrou outras fotos também de crianças, muitas delas com seus rostos que pareciam estar rachados. E então ele deduziu que aquele ser sobrenatural, se alimentava das almas de crianças, e não machucaria nenhum deles. Talvez quisesse matar Ruy e Castiel, por também serem sobrenaturais.

Ainda sentado, naquela cadeira dura, no quarto de Jaspér, em frente ao computador, ele achou uma pesquisa que, com certeza, o ajudaria a acabar com aquele ser de uma vez por todas.

— Não! — se espantou quando leu-a.

Na pesquisa, tinha escrito a única maneira de acabar com aquela entidade.

A Única maneira de derrotar Bughull, é queimando tudo o que o manifesta, inclusive o local do portal que o trouxe a esse mundo. E por fim, queimar toda a casa!

"Isso não é bom.", pensou ele, desligando o computador logo em seguida.

Erika estava sentada na cama, olhando para seu irmão, que dormia ao seu lado, e pensando:

"Será que vamos sair dessa, em maninho?"

Castiel se remexia deitado no chão do quarto.

"Ainda quero ter uma família com você e o Ruy.", pensou ela sorrindo e acariciando os cabelos de Jeremy.

Ela nunca havia namorado antes, e seu primeiro beijo foi com Ruy. Ela se apaixonou pelo seu jeito sombrio e obscuro.

Castiel já estava acordado e viu Erika sentada na cama pensativa e sorrindo.

— Eu sei ler pensamentos, sabia? — brincou ele, assustando-a.

— O que? Le... le... ler? - gaguejou ela, arregalando seus olhos.

— Tô brincando, Erika. — sentou ele no chão rindo. — Mas não precisa ler mentes para saber que você estava pensando no Ruy. — suspirou ele.

— Aaah, para. — disse ela com suas bochechas avermelhadas.

Passados alguns minutos, os dois ouvem um grito de Ruy, vindo de lá do quarto onde Jaspér dormia. Os dois correram até lá, e quando chegaram, se depararam com o computador de Jaspér saindo fumaça.

— O que aconteceu? — questionou Erika.

— Pifou! — disse Ruy dando de ombros — Mas descobri algo importante.

— O que descobriu?

— Sei como derrotar esses seres malignos, — respirou fundo. — Mas é arriscado para mim e Castiel que somos seres sobrenaturais. — disse ele abaixando a cabeça.

— Como assim arriscado, Ruy? — questionou Castiel.

Ruy ficou em silêncio por um tempo, e depois explicou:

— Somos sobrenaturais, lutando contra sobrenaturais, — sentou-se numa poltrona ao lado — poderemos até morrer. — finalizou ele.

— Tem que ter outro jeito. — interferiu Erika.

— Esse é o único jeito.

— Não... — disse ela saindo do quarto.

Ruy e Castiel se olharam com um olhar vazio e frio. Ruy decidiu ir atrás de Erika.

— Ela precisa ficar sozinha... — explicou Castiel, segurando Ruy pelo braço.

Erika dormia no quarto dos pais, junto ao seu irmão. Ela ainda estava chateada, com raiva e ao mesmo tempo com medo de perder mais alguém, de perder Ruy. Ele e Castiel, dormiam no quarto de Jaspér, preparados para qualquer coisa, sempre fazendo a guarda do quarto, enquanto o outro dormia.

Já passava da meia noite e era o turno de Ruy. Estava frio no quarto onde Erika dormia, a janela estava aberta e o vento estava muito forte naquela madrugada. Quando uma voz se ouviu:

— Erika! Vamos! — Ela acordou, assustada, observou todo o canto do quarto, e não viu nada.

— Venha comigo, Erika. — mais uma vez a voz a chama. Era uma voz conhecida, mas Erika não conseguia distinguir quem era.

— Quem tá aí? — sentou ela na cama. — Ruy? É você? — perguntou.

— Vamos até o porão. — sugeriu aquela voz.

Um homem andava em direção a porta do quarto, que estava aberta. Erika pensou que fosse Ruy, e então o seguiu. E a voz continuou chamando.

— Venha até o porão!

Erika andava pelos corredores da casa, seguindo aquela sombra que a chamava sem parar. Estava um breu naquele lugar, ela não enxergava quase nada, apenas um vulto preto indo em direção a porta de entrada da casa, e a chamando para o porão. Erika não sabia o porquê de está seguindo aquela coisa, mas pensava que era Ruy, e que ele havia descoberto algo.

Chegando na porta da entrada, Erika olha para todos os lados para tentar ver se conseguia enxergar a sombra do lado de fora. Estava chovendo, e a névoa não deixava ver nada que tinha pela frente.

Ao observar por um tempo, ela conseguiu ver um vulto preto, ao lado do muro onde ia para o porão. Estava olhando para ela, a encarando. Erika ficou com medo de ir até lá, estava apreensiva, estagnada sem saber o que fazer

— Não tenha medo, — disse aquela sombra, sumindo na névoa. — preciso da sua ajuda.

Erika estava muito assustada, com medo do que poderia ser aquilo. Mas sua curiosidade era maior. Seus passos eram lentos, sua atenção era focada em um só local, o porão. Ela respirou fundo... E então acelerou seus passos chegando em frente a entrada daquele porão, que estava trancado, mas a chave estava na fechadura.

— Ruy... É você? — sussurrou ela.

"Se está trancada... Então ninguém passou aqui", pensou ela aproximando a mão da chave.

Sua cabeça doía, a chuva parecia cair lentamente ao seu redor, o frio em sua barriga congelava mais que o vento daquela fria noite. Ela tocou a chave, e a girou para a direita, fazendo o barulho do trinco se abrindo, quando ao tocar a maçaneta da porta lentamente, algo empurrou a porta do lado de dentro com tanta força, que abriu, batendo violentamente em Erika fazendo ela cair para trás, ficando desacordada antes mesmo de tocar o chão.

Ruy escutou o estrondo de dentro do seu quarto, onde estava quase cochilando em uma poltrona frente a janela, que estava fechada. Ele afastou as cortinas que cobriam a janela, e de lá deu pra ver Erika caída no chão e a porta do porão escancarada por completo.

— Nãooo! — gritou Ruy correndo desesperadamente.

Castiel acordou com o grito que Ruy deu, e então foi correndo atrás do amigo para ver o que havia acontecido.

— Não, não, não... — Ruy ajoelhou ao lado de Erika.

Erika estava com um corte em sua testa, que estava sangrando bastante. Estava desacordada mas ainda tinha pulso, e seu coração estava acelerado.

— Fica comigo... Por favor — disse Ruy desesperado segurando ela no colo.

— Ela vai ficar bem. — disse Castiel tentando consolar o amigo, — Leve-a para dentro, ok? — concluiu ele colocando a mão no ombro de Ruy.

Enquanto Ruy levava Erika para dentro, Castiel decidiu então tentar descobrir o que aconteceu. Amaro tinha fugido, mas por que ele não desapareceu lá dentro? ele só conseguiu sair daí, quando abriram a porta? Várias dúvidas surgiram para Castiel, e a resposta dessas perguntas, poderia ser a solução que eles tanto precisam para acabar de vez com aquela Entidade.

9

O PASSADO

— Alguma coisa prendia aquele demônio lá dentro... — confirmava Castiel a Ruy, sentados na varanda.

— Tá, mas o que exatamente?

— Eu não sei, Ruy. — calou por um momento. — Mas temos que descobrir e destruí-los com isso a nosso favor. — finalizou Castiel.

Ruy vai até o quarto onde Erika tinha passado a noite. Ela já estava acordada, apenas deitada na cama e pensando.

— Você está melhor? — perguntou ele batendo na porta, que estava aberta.

— Minha cabeça dói... — disse Erika colocando a mão na testa.

— Eu tive tanto medo de te perder. — sentou ele na cama, junto a Erika. — Eu não sei o que seria de mim... se eu te perdesse.

— Você não vai me perder. — abraçou-se com Ruy. — Vamos sair dessa juntos.

— Eu vou te proteger. — disse Ruy com seus olhos cheios de lágrimas.

Dava pra ver nos olhos dos dois, o quanto um amava o outro. Ruy nunca tinha se apaixonado antes. Erika tem sido a pessoa essencial na vida de Ruy, e ele na dela. O amor quando chega ilumina até o mais obscuro coração, faz brilhar aquilo que a escuridão já tomou por conta. É tão bom enquanto dura...

Castiel passeava pelos arredores da casa, parou em frente ao lago e ficou pensando olhando para o nada.

"E se tentarmos atraí-los para o porão... E acabar com eles lá?", pensava ele, tentando imaginar uma solução para acabar de vez com aquelas Entidades que os atormentam.

Castiel nunca tinha vivenciado algo parecido, várias pessoas sendo mortas, possuídas e sabe lá mais o que pode acontecer.

Algo o chamou a atenção, um vento forte soprou por onde ele estava, os galhos das árvores balançavam muito por causa da ventania. Ao olhar para a árvore, ele viu um corpo pendurado com uma corda no pescoço.

— Meu Deus! — assustou-se ele.

Ele encarou aquilo, e depois de alguns minutos olhando, aquele ser pendurado virou sua cabeça para Castiel abrindo uns olhos fundos e sem vida. Foi quando rapidamente Castiel correu para dentro da casa, e tentou colocar em sua cabeça que foi apenas um delírio de sua parte.

Erika andava pelo corredor da casa, quando ouviu passos vindos de cima de casa, de dentro do sótão. Ela então foi até a porta no teto, que dava passagem para lá. Ruy e Castiel não estavam em casa, só Jeremy, que estava dormindo, e Erika ficaram por lá. Ainda escutando os passos, ela curiosamente puxou a escada que dava acesso ao sótão que não era tão utilizado pela família.

Ela vagarosamente subiu as escadas. Tudo lá em cima estava escuro e vazio, só havia uma coisa que chamou sua atenção. Tinha uma pequena caixa no centro do sótão. Erika, curiosa, foi até lá e pegou aquela caixa com suas mãos e então um barulho de vidro caindo no chão foi ouvido de lá de baixo. Ela se silenciou, tentou fazer o mínimo de barulho possível, para o que quer que estivesse lá embaixo, não pudesse ouvir. Erika então foi lentamente para sair do porão, desceu as escadas e, olhando para os lados, fechou a porta de lá.

Com a caixa em mãos, ela a levou até a cozinha e colocou sobre a mesa. Ela já conseguia ouvir as vozes de Ruy e Castiel, que se aproximavam da casa.

— Gente! — tentava chamar a atenção dos dois da porta da cozinha. — Venham ver o que encontrei.

Os dois entraram na cozinha, e viram a caixa sobre a mesa, Castiel olhou para Ruy e pensou alto:

— O que será isso?

Ruy apenas o encarou, e já que Erika não falava nada, ele resolve perguntar a ela.

— Onde encontrou isso?

— Estava lá no sótão. — Respondeu ela, abrindo a caixa.

Ao olharem atentamente para dentro da caixa, notaram que tinha três amuletos dentro dela. Os amuletos tinham um formato parecido com uma folha de árvore, eram da cor de bronze e pareciam ser bem velhos e acabados.

— Como isso apareceu lá em cima? — perguntou Ruy. — E por que tem exatamente três amuletos... Um para cada um de nós? — Ruy continuou sua dúvida, muito desconfiado dos objetos contidos naquela pequena caixa.

— Melhor guardarmos isso! — sugeriu Castiel fechando a caixa.

— Melhor mesmo, — confirmou Erika. — não queremos mais problemas. — virou-se de costas, tomando um copo de água que estava em cima do armário.

Ruy caminhava pelos campos perto da casa, ele não entendia para que servia aqueles amuletos.

"Será pra dar sorte?", seus pensamentos viajavam pela sua cabeça.

Ruy parou de repente ao ver algo pendurado em um galho de árvore, que o assustou muito. Um dos amuletos que estavam na caixa que Erika encontrara mais cedo, estava pendurado em uma pequena árvore, há alguns quilômetros da casa. Ruy estava confuso, olhava ao seu redor para ver se avistava alguém que pudesse ter colocado isso lá, mas ele estava sozinho.

Quando teve certeza que estava mesmo sozinho, Ruy se aproximou da árvore, pegou o amuleto e ficou olhando cada detalhe contido nele. Mesmo acabado com o tempo, o amuleto parecia sempre brilhar. Era leve, pequeno, mas bem bonito aos olhos de quem olhava.

Ruy então colocou o amuleto em seu pescoço, e por um momento tudo ao seu redor ficou escuro, sua visão ficava turva, e ele não via mais nada, não se ouvia mais som algum, parecia que o tempo havia parado. Com alguns segundos no breu, Ruy ouve uma voz, conhecida por ele, mas não lembrava de quem pertencia aquela voz. Ele olhou para trás e de repente tudo se tornou visível, e ele já não está mais nos campos onde ele estava caminhando há pouco tempo atrás. Era um local fechado por várias árvores, e só havia uma casa entre elas.

Ruy andou até a pequena casa de madeira, e olhou por uma das janelas. Escutava um choro de criança. Quando finalmente viu quem era a dona daquela voz, ele espantou-se e ficou paralisado. Pode perceber que era sua mãe, que estava colocando várias roupas em malas em cima da cama. Seu pai andava de um lado para o outro, colocava as mãos na cabeça e sua feição era de desespero.

— Eles estão vindo. — anunciava Rick, olhando todas as janelas da casa. — Precisamos ir... rápido. — apressava ele, olhando para sua esposa.

Ruy ouve cavalos chegando, e cada vez mais os sons ficavam mais próximos. Homens gritavam, tiros eram ouvidos, e um clarão era possível ver diante daquelas árvores. Eram os bruxos, montados em seus cavalos que mais pareciam lobos gigantes. Em um piscar de olhos, eles já atacavam a humil de casa, atearam fogo dentro e fora dela. Ruy pode ver com seus próprios olhos, seus pais sendo queimados vivos dentro daquela casa. Ele não podia fazer nada, tentava correr para lá dentro e salvar eles, mas ele não conseguia se mexer, seus movimentos não eram obedecidos pelo seu cérebro, as lágrimas desciam em seu rosto, ele só sentia a dor ao ver seus pais sendo horrivelmente mortos.

Ele tinha apenas oito anos, foi levado amarrado pelos bruxos que fizeram aquilo, teve seus pés e mãos amarrados, e colocado numa carroça para ser levado até a vila dos bruxos.

Ruy não conseguiu dizer uma palavra. Só chorava e soluçava igual uma criança. Aquela cena de seus pais não saía mais de sua mente...

— Ruy... acorda. — Castiel balançava seu corpo, tentando o acordar.

Ruy estava caído na entrada da casa de Erika. Ele abriu seus olhos, e viu Castiel em cima dele, gritando seu nome.

— Onde estou? — disse ele, sem entender nada do que tinha acontecido.

— Te encontrei deitado desacordado, em frente a casa.

— Mas como... — sentou-se ele no chão com a ajuda de seu amigo. — Como eu vim parar aqui?

— Eu não sei... Mas o que aconteceu com você? — perguntava Castiel tentando entender aquilo tudo.

— Eu vi meus pais... — Ruy tentava falar, com seus olhos em lágrimas. — Eu vi a maneira que eles foram mortos, parecia que eu estava lá. — explicou ele.

— Mas como? — questionou Castiel.

— O amuleto! — exclamou Ruy.

— O que tem ele?

— Tudo aconteceu depois que coloquei ele. — Ruy parecia ter entendido o que aconteceu.

Aquele amuleto tinha levado ele exatamente onde seus pais haviam sido brutalmente mortos, pelos bruxos revoltados com Rebeka, sua mãe.

Castiel ajudou seu amigo a levantar, e levou ele apoiado em seus braços, para dentro da casa. Onde ele poderia descansar, e se recuperar do acontecido inesperado.

A noite caía, Castiel, após cuidar de Ruy e descansar um pouco, vai até a cozinha para tomar água. Sua cabeça latejava, ele estava descalço e o chão naquela hora estava gelado.

Ruy, ainda descansava em seu quarto, não acordou mais depois de presenciar a morte de seus pais e não poder fazer nada. Erika também dormia, como sempre, junto ao seu pequenino irmão, Jeremy.

Castiel após tomar sua água, vira-se e vai então para seu quarto, mas antes que pudesse dar o primeiro passo, algo o chamou a atenção. Em cima da mesa, estava um dos amuletos, que, quando Castiel adentrou na cozinha, não estava lá. Ele encara por alguns segundos, ficou perplexo pensando o porquê daquilo havia parado ali.

"Isso não estava aí", pensou ele, franzindo as sobrancelhas.

Ele olhou para um lado e outro, mas não viu ninguém que pudesse ter colocado aquele objeto enquanto ele tomava água. Castiel se aproxima e sem hesitar, coloca o amuleto no pescoço e vai embora de volta para seu quarto.

Ao chegar no meio do corredor, entre a cozinha e o quarto onde ele estava, ele sente uma tontura em sua cabeça, que o faz tombar para trás, não caindo pois ele se apoiou nas paredes do corredor. Sua visão escureceu, e em poucos segundos ele não via mais nada. Tudo estava escuro, e nenhum som era ouvido.

— Mas que merda é essa? — resmungou ele, ainda se segurando para não cair.

De repente toda luz volta, ele já não estava mais no corredor da casa de Erika. Parecia mais... uma espécie de caverna, paredes eram de pedras, a iluminação do local era guiada por tochas, e a sua frente tinha apenas uma passagem. Ele, sem pestanejar, entrou naquele lugar escuro, e após dar alguns passos adentro, ouve-se um grito de dor, vindo do final daquele corredor.

Ele corre para ver do que se tratava, ao fim do corredor, ele consegue ver uma sala e, para sua surpresa e desespero, ele pôde ver um homem, acorrentado pelos braços e pernas, com ferimentos por todo o corpo e quase nu. Era Castiel... em algum tempo em que demônios o pegaram e castigaram ele, para tentar levá-lo à morte. Castiel ainda tentou entrar na sala, mas algo o impedia, parecia uma barreira invisível. Sem se mover, ele viu dois demônios, todos completamente de roupas pretas, e rosto não identificável começando a chicotear todo seu corpo, com chicotes feitos de arame farpado, enrolados em correntes. Ele urrava de dor, gritava palavras inaudíveis, sua voz já nem saía mais direito, ele chorava e ao mesmo tempo gritava.

Castiel viu todo sofrimento que um dia passou nas mãos daqueles seres demoníacos, seus olhos se encheram de lágrimas, mas ele estava mais consumido pelo ódio, ele não aguentava mais ver aquela cena. Ele sentou no chão e começou a se debater, dando tapas e socos em sua cabeça, e se remexendo em meio àquele chão duro. Quando uma voz o chamava:

— Castiel, Castiel... — Era Erika, — o que tá acontecendo? - gritava ela tentando fazer ele parar de se debater no chão.

Quando finalmente ele retornou ao mundo, ele viu que estava sentado no chão da cozinha, e que Erika estava o encarando a sua frente.

— O que aconteceu? — perguntou ele, sem saber o porquê de estar ali. — Cadê aqueles malditos? — proclamou ele, olhando por todos os lados.

— Quem? — retrucou Erika, sem saber do que Castiel estava falando. — Acordei com você gritando, e quando vim ver o que era... você estava aí no chão da cozinha, se debatendo e gritando.

— Eu... não sei o que aconteceu. — disse ele abaixando a cabeça.

— Vamos pro quarto, melhor você descansar. — sugeriu Erika.

Castiel levantou e, com a ajuda de Erika, foi até o quarto para ver se tudo aquilo passava, depois de uma boa noite de sono.

10

PESADELO

Erika acordou de madrugada, depois de um dia um tanto cansativo. Ela bocejou. E ao olhar ao seu redor, viu que não estava em seu quarto, e sim, no quarto de Jaspér. Mas algo lhe chamou a atenção, o quarto estava totalmente diferente do que era, Castiel e Ruy não estavam lá também.

Ela se levanta, anda sorrateiramente pelo quarto, olha o celular, e vê que o relógio batia 2:40 da madrugada. Ele esfregou seus olhos, e bocejou mais uma vez.

Quando um barulho é ouvido, parecido com vidros se estilhaçando no chão. Seu coração dispara e, mesmo assustada, ela vai até a porta e tenta olhar pela fechadura da porta. Ao olhar, ela percebe que não só o quarto estava diferente, mas sim, o corredor também.

— Mas que merda é essa? — resmungou ela.

Enquanto ela tomava coragem para sair daquele quarto, um homem entra correndo, desesperado, abrindo a porta de onde Erika estava.

— Aaah... Quem é você? — gritou ela.

Parecia que ela estava invisível, aquele homem não conseguia vê-la. O homem, com cabelos grisalhos e barba a fazer, correu em direção à porta de entrada da casa. Erika foi atrás dele e, quando ela estava no corredor, uma mulher passa gritando por ela, parecia que ela também não a tinha visto, a mulher gritava:

— Pedrooo? Cadê você?

"Pedro?", pensou Erika, franzindo as sobrancelhas.

Ela foi para fora da casa, atrás daquele casal, que procurava desesperadamente por esse tal de Pedro. O homem estava nos arredores da casa, ainda era possível ouvi-lo gritar. A mulher foi em direção aos fundos da casa, e antes que ela fosse junto, uma criatura misteriosa estava no mato, parecia estar observando tudo, e sorrindo. Ela tinha um formato humano, e a cara estava bem pálida.

Erika correu para os fundos da casa e, chegando lá, ela pôde presenciar uma cena horrível, e foi aí que ela se tocou onde estava.

Era Pedro, enforcado na árvore perto do lago, sua mãe correndo e agarrando seu corpo para tirá-lo daquela corda. Erika não acreditou no que via. Ela estava com medo, suas pernas tremiam, ela ficou totalmente imóvel naquele momento tão desesperador. Não tinha nenhuma reação para aquela cena.

Enquanto a mulher chorava com o filho no colo, o homem que há pouco tempo gritava pelo filho, passa por Erika, e com ele, havia uma faca em sua mão.

— Nãoooo! — gritou Erika, levando as mãos a sua boca.

Aquele homem, Amaro, chega lentamente por trás da mulher, e sem piedade, sem nenhum sentimento pela vítima, passa aquela faca afiada em sua garganta. Erika chorava, não queria estar ali. O homem solta a mulher, com o pescoço jorrando sangue, no chão. Ele se levanta, e fica alguns segundos de costas para Erika, de cabeça baixa, observando o corpo da mulher jorrando sangue sem parar, dando seus últimos suspiros. Quando ele se vira, olha fixamente para Erika. Ela se arrepiou dos pés a cabeça, e quando tentou correr, viu que seu corpo não respondia a sua mente. Ela não conseguia mover um músculo, estava totalmente paralisada. Gritava de medo com seus olhos fechados. E quando os abriu, viu Amaro, caminhando em sua direção, com um olhar nada simpático. Seus olhos estava totalmente negros, seu rosto parecia estar deformado. Ele estava totalmente fora de si.

Erika, desesperada, olha para trás tentando sair de lá e correr para o mais longe possível. Mas ao virar sua cabeça, ela vê a Entidade correndo em sua direção.

— Não, não, nãooo... — ela chorava de medo. — Meu Deus socorrooo!

Quando ela se vira rapidamente, sentindo uma forte respiração em sua nuca, era Amaro. E, olhando para baixo, ele havia enfiado aquela faca, a mesma que cortou a garganta da mulher, em sua barriga. Tudo pareceu ficar em silêncio, até ela. Ela encarava aquele ser em sua frente, com um sorriso maléfico em seu rosto. E atrás dele, estava aquela Entidade, no chão, estava os pais de Erika, Jaspér, e seu irmão Jeremy nos braços da Entidade.

Erika tentou gritar, mas não saía nada de sua boca. Antes que aquele sofrimento acabasse, ela ouve algo e seu ouvido:

— Você não conseguiu salvá-los... — aquela voz era extremamente arrepiante e assustadora. — ...e não vai se salvar também.

— Erika! Acorda! — ela abre seus olhos se levantando e se sentando onde estava, e percebe Ruy, chamando seu nome.

— O que aconteceu? — perguntou ela, sentindo uma dor infernizante em sua cabeça. — Onde estou?

— Te encontramos caída no chão do banheiro, depois de você ter gritado várias vezes, e corremos para ver o que era. — explicou Ruy.

Erika estava com um amuleto em seu pescoço, era aquele que ela tinha encontrado, e aquele que Ruy e Castiel acharam, pouco antes de ter vivido seus piores pesadelos.

— O que faz com isso? — Castiel apontou para o amuleto.

— Eu não se.. sei. — gaguejou Erika. — Não sei como isso veio parar em mim.

— Vamos, melhor você ir pra cama. — Ruy ajudou ela a se levantar, com a ajuda também de Castiel. — Eu fico lá com você.

Depois de levar ela para o quarto, Castiel vai para a cozinha tomar água. E fica pensando que, entre os três, todos tiveram pesadelos horríveis e acordaram em lugares aleatórios, depois de ver aquele amuleto. Todos os amuletos sumiram, menos um, o que estava com Erika.

Ruy, tirou aquela amuleto do pescoço de Erika, e o colocou em um criado-mudo, ao lado da cama. Ele deitou ao lado dela e acariciou seus cabelos, olhando seu rosto e imaginando o que seria dele se a perdesse.

O seu amor por Erika só aumentava, aquele sentimento parecia o dominar por inteiro. Ele só pensava em protegê-la. Seus olhos brilhavam ao admirá-la a sua frente, o tempo parecia parar, só para apreciar junto a ele o amor, em forma humana.

Ruy nunca havia se apaixonado antes, prometeu para si mesmo não se doar para ninguém, para que, no final, não tivesse seu coração estilhaçado no peito. O amor é como um pássaro, se você o prendê-lo, ele vai buscar fugir e ir embora a todo custo, se você o der liberdade, ele terá razões para ficar.

11

A LÂMINA DO FIM

Estavam todos reunidos na sala, Castiel era o mais inquieto, e ficava andando de um lado para o outro. Ruy estava cabisbaixo e pensativo e Erika estava com Jeremy no colo, olhando para o nada.

Depois daqueles pesadelos que cada um teve, Castiel não parou de pensar, pesquisar ou deduzir uma solução para que tudo isso acabe logo. Na mente dele, tudo isso era um quebra cabeça, que ele só tinha que encaixar todas as peças.

— Pera aí um minuto... — Parou Castiel num canto da sala. — Quando eu estava naquela caverna... — pausou ele, chegando mais perto dos outros. — ... eu vi uma coisa.

A cara de todos ali presentes era de espanto, Ruy se levantou do sofá e ficou olhando para Castiel. Erika estava espantada, esperando ansiosa para saber o que ele tinha descoberto.

— O que você viu? Fala logo. — falava Ruy, apreensivo.

— O amuleto tem três símbolos. — explicava ele, pegando o amuleto em suas mãos. — Me lembro de ter visto esse primeiro, na caverna onde fui torturado.

— Mas... — parou Ruy para pensar.

— Mas só havia um pedaço dele, um pedaço que pode querer dizer alguma coisa. — Concluiu ele, colocando a mão no queixo.

— Eu também me lembro desse símbolo! — Exclamou Erika, se levantando de onde estava, e colocando Jeremy no sofá.

— Continue... — Disse Castiel, se atentando mais para Erika.

— Bom, na faca que Amaro matou a mulher, e que tentou me matar... — tentava explicar ela. — ...tinha um símbolo, e... é o mesmo do amuleto. — Afirmou ela, espantada como os outros.

— Então... — Castiel encarou Ruy.

— Sim, Castiel... — falava Ruy, com seu coração disparado. — eu também vi o símbolo.

— Então... onde estava?

— Na casa onde meus pais foram assassinados. — Castiel se entristeceu com o que Ruy tinha dito. — No relógio, pouco antes de tudo acontecer. Marcava 4:35, com o ponteiro mais fino, indicava 30 segundos, e formava um "A" com traço no meio... — parou ele para respirar — o mesmo símbolo que vocês também viram.

Castiel não disse mais uma palavra, Erika também se calou, e só observava Ruy, cabisbaixo, por relembrar tudo aquilo.

Castiel, sem falar nada, pegou o amuleto, e ao levantá-lo para cima, começou a pronunciar palavras indescritíveis. Apenas o final, Ruy pode ouvir:

— ...Δώσε μας ένα όπλο που θα σκοτώσει το κακό, μια για πάντα.

Todo o chão tremeu, as janelas foram despedaçadas, Ruy protegeu Erika e Jeremy, enquanto uma luz branca atravessava a sala e chegava em Castiel.

O Amuleto agora, se dividiu em três pedaços, cada um era igual uma lâmina afiada, uma arma, a arma que mataria de vez, aquela entidade.

Castiel, antes que os outros dissessem qualquer palavra, ela falou:

— Só temos que enfiar essas lâminas em cada um dos demônios, e isso tudo acabará. — Concluiu ele, com cara de satisfação.

— Mas… e o Jaspér? — Questionou Erika, com medo de perder seu irmão.

— Ele vai ficar bem, isso só matará o demônio. — Finalizou ele.

— E como vamos fazer isso?

— Eu ainda não sei, mas vou descobrir.

Castiel se retirou da sala, e os amuletos, os colocou em uma caixa, até descobrir como enfiar nos demônios. Ruy e Erika se abraçaram, e passaram o resto da noite alí, na sala.

— Tudo vai ficar bem! — dizia Ruy em seu ouvido.

— Eu tô com medo.

— Não vou deixar nada acontecer com você.

Ruy e Erika estavam deitados na cama, ela com sua cabeça em cima do braço de Ruy, os dois olhavam para o teto, calados e pensativos. Até que Ruy quebra o silêncio.

— Qual seu maior sonho, Erika?

— Ser escritora. — Ela foi logo direta.

— Mas…

— Maas…? — Ruy cerrou os olhos.

— Não sei se vou conseguir. — disse ela, respirando fundo.

Ruy sentou-se na cama, colocou seu braço por cima de Erika e a encarou.

— E porque acha que não consegue?

— Não sei... tanta coisa acontecendo, — deu uma pausa. — tanta coisa para pensar.

— Vai ficar tudo bem e, independente do que aconteça, você vai conseguir realizar seus sonhos. — Deu um beijo em sua testa. — E se você não acredita, eu acredito por você. — Finalizou ele, deitando novamente.

Erika era uma garota que adorava ler, seus preferidos eram romances adolescentes, terror que, mesmo com todo o horror, tinha um pouco de romance clichê no meio. Tinha vários livros em sua estante, tinha uma coleção de livros do Stephen King, seu preferido era "O iluminado" e "Doutor Sono", era uma das capas que ela mais amava em sua estante.

Ela tinha um sonho de escrever um livro, já tinha decidido até um nome que daria, "O garoto dos sonhos". Onde uma garota, sonhava diversas vezes com um garoto, ela o conhecia e viravam amigos, no sonho. Do outro lado, um garoto sonhava com uma garota, sempre conversava com ela em seus sonhos. E, um dia, os dois tiveram um grande encontro em suas vidas.

Erika só pensava em escrever clichês e, mais que escrever, queria um dia viver um romance, desses clichês adolescentes.

12

OS 3 CÍRCULOS

Ruy e Erika caminhavam em meio às flores de lótus onde os dois haviam se encontrado pela primeira vez. Castiel ficou na casa, para ver se consegue alguma pista de como acabar com tudo aquilo que estava acontecendo ou, pelo menos, algo que o ajude a decifrar tudo.

— Eu nunca imaginei que minha primeira história de amor fosse desse jeito. — falou Erika, com um sorriso sem graça.

— Eu sinto muito por isso. — disse Ruy, parando e olhando nos olhos dela.

— Não é culpa sua! — Erika chegou mais perto e tocou seu rosto. — Vamos sair dessa, juntos, e seremos felizes. — Sorriu ela, e o beijou em seguida.

Ruy sentiu algo estranho, como se estivesse sendo observado por alguém. Olhou de um lado para o outro, e se atentou a qualquer coisa estranha que acontecesse ali. Um vento forte chegou naquele lugar, Erika estava insegura e achou melhor voltar para casa.

Enquanto os dois voltavam, Ruy notou algo estranho. Tinha pegadas marcadas no chão, sem pestanejar, ele decide segui-las e ver aonde aquilo ia dar.

Finalmente ao fim daquelas pegadas, ele chega até a entrada da casa, exatamente onde Castiel foi encontrado desacordado, depois do pesadelo que ele teve, devido ao amuleto.

— O que isso quer dizer? — Perguntava Erika, logo atrás dele.

— Eu não sei, mas tô começando a descobrir. — Ruy ficou pensativo, olhando aquele local. — Onde foi mesmo que o Castiel foi encontrado, após o pesadelo? — Perguntou Ruy, com cara de como já tivesse descoberto tudo.

— Aah… na cozinha…

Erika o olhava com os olhos cerrados, tentando imaginar o que se passava na cabeça de Ruy.

— Exato! E você… no banheiro. — Ruy virou-se para ela. — Acho que descobri o enigma.

Ruy e Erika entram correndo na casa procurando por Castiel, que estava chegando na sala também.

— Eu descobri! — Castiel e Ruy falaram ao mesmo tempo.

Erika olhava de Ruy a Castiel, sem saber de nada do que estava acontecendo.

— Só eu que não tô entendendo nada? — Falou Erika, cruzando os braços e emburrada.

— Eu vou explicar! — Castiel sentou-se na poltrona. — Os pesadelos, os símbolos, os lugares que fomos encontrados desacordados e… o amuleto que sobrou… — parou ele, com um olhar destemido.

— Fala logo, Castiel. — disse Erika.

Ela já estava impaciente, seus olhos arregalados a todo momento. Então Castiel explicou.

— Tudo isso são pistas, que nos leva a como matar esses demônios. — expressou ele, dando um sorriso malicioso.

— Como assim?

— Nos pesadelos, descobrimos a arma, para acabar com os três demônios, nos mostrando os símbolos em cada cena. Já os lugares que fomos encontrados... — explicava Castiel, satisfeito, contando todo o mistério. — Ruy, você foi encontrada na ENTRADA da casa, no início. Já você, — apontou para Erika — foi encontrada no banheiro, e o banheiro fica no CENTRO da casa, no meio. Já eu, fui encontrado na cozinha, o que significa? — Castiel encarou Ruy.

— O FINAL. Início, meio e fim.

— Exatamente, meu garoto. — disse Castiel, dando gargalhadas. – São três corpos, Amaro, o início de tudo. Jaspér, o meio deles. E a Entidade Bughull, o Fim e última etapa, para acabar com todos.

— Isso é brilhante, Castiel! — disse Erika, satisfeita.

— Só temos que enfiar as lâminas em cada um...

— E em cada lugar que foi determinado a eles, para morrerem. — Ruy completou a frase de Castiel.

Nisso, já preparavam tudo para iniciarem e acabar de vez com todos os demônios. Castiel entregou a lâmina a Ruy.

— Amaro é por minha conta, — disse ele, esticando a mão para entregar a segunda lâmina a Ruy. — já o Jaspér, fica com você. – completou ele.

— E o Bughull? — perguntou Ruy.

— Matar aquela entidade é muito perigoso, e quem fizer isso... — pausou sua fala, abaixando a cabeça. — correrá um grande risco.

Ruy olhou nos olhos de Castiel que o retribuiu com um olhar triste.

— Eu farei isso. — Proclamou Ruy.

— Nãooo! — gritou Erika, segurando em seu braço.

— Não se preocupe, Amor. — sorriu olhando em seus olhos. — Vai ficar tudo bem.

— Eu não posso te perder — falou Erika, entrando em lágrimas.

— Você não vai! - disse ele a abraçando. — Eu vou salvar seu irmão, e ficaremos juntos.

— E como eu ajudarei nesse plano?

— Você não pode, Erika. — disse Castiel, - Apenas seres sobrenaturais podem matar outros seres sobrenaturais. — concluiu ele.

— Cuide do Jeremy, que cuidaremos do resto. — disse Ruy, tentando acalmá-la, e beijando sua testa.

Erika foi colocar Jeremy na cama, e ficou com ele por lá, para sua segurança e do seu irmão. Castiel sabia que Ruy tem grandes chances de não sobreviver, depois de lutar com a Entidade.

— Tem certeza que quer fazer isso? — perguntou Castiel, segurando em seu braço.

— Sim, pai. — os olhos dos dois se encheram de lágrimas. — Você sabe que tem uma grande chance de você… — Castiel respira fundo. — … Morrer né? — Castiel segurou em seu rosto, e as lágrimas começaram a cair.

— Eu já estou morto há muito tempo.

Ruy não disse nada, apenas o abraçou forte, e Ruy retribuiu mais forte ainda. Erika observava ao longe, emocionada.

— E… se caso eu não voltar, — Ruy disse, antes de Castiel sair - cuida deles por favor, por mim?

— Você vai conseguir! — disse, dando um sorriso de canto de boca.

— Você já fez muito por mim, — dizia Ruy, enxugando suas lágrimas. — agora é a minha vez de retribuir.

Os dois se preparam para tudo, e ficaram juntos esperando dar o horário para eles iniciarem tudo, estava tudo quase pronto, faltava apenas os demônios aparecerem.

13

O RETORNO

É chegada quase a hora de iniciarem a caça. Antes, Ruy vai até o quarto onde Erika se encontrava junto a Jeremy. Chegando lá, Jeremy já dormia, e Erika estava sentada na cama, ao seu lado.

Ruy bate na porta e já adentra o cômodo. Erika corre e o abraça, já com seus olhos cheios de lágrimas.

— Eu tô com medo. — disse, agarrada a Ruy.

— Fique com Jeremy, aqui vocês estarão seguros.

— Eu não tô falando de mim... — ela olha nos olhos dele. – Eu tô com medo de te perder, Ruy.

— Vamos sair dessa, e eu vou tá aqui do seu lado. — diz Ruy, à abraçando com um olhar aflito.

Ruy fica pensativo, sabe que as chances de sair vivo dessa, são mínimas. Mas é preciso. É o certo a se fazer.

Castiel estava na porta da casa, já era 2:30 da madrugada, estava frio lá fora e tinha muita névoa. Castiel grita da porta:

— Vamos agora, Ruy.

Ele sai pela porta da frente, com sua lâmina dentro de seu bolso, preparado para o que iria enfrentar. Ele chega ao local e, antes de tudo, ele faz um círculo no chão e começa a pronunciar algumas palavras, de uma língua não identificável.

Ruy se despedia de Erika. Poderia ser a última vez que iria vê-la, ou pode ser o início de uma vida que os dois sempre sonharam.

— Eu tenho que ir.

— Eu te amo, Ruy. — proclama Erika, o beijando logo em seguida.

— Eu também te amo, Erika. — diz ele, retribuindo o carinho.

Antes de Ruy sair, ele dá um beijo na testa de Jeremy, e abraça fortemente Erika, prometendo voltar assim que tudo isso acabar.

Ruy já se encontrara no banheiro, preparado com sua lâmina e já dentro do círculo de sal que Castiel já tinha preparado. O ritual com o sol, e algumas palavras que Castiel pronunciou formou uma proteção contra seres malignos assim, protegendo Ruy e ele.

Às 2:40 tudo se silêncio. As luzes se apagaram e parecia que o mundo ao redor, tinha parado por completo. Ninguém sabia qual seria o primeiro, deduziram que começariam pela entrada, onde Castiel já se encontrara, preparado, e com toda a determinação que precisara. E assim foi, no meio do mato surge uma criatura em forma humana. E, como já era de se esperar, era Amaro. Seus olhos estavam em uma vermelhidão que chegava a brilhar, seu ódio era notável em sua face. Em suas mãos, continha uma foice em chamas, que assustou Castiel, que não esperava por isso.

O demônio se aproxima correndo em direção a Castiel, que imediatamente já tira sua lâmina, com dificuldade, de seu bolso. Ao virar-se para frente novamente, o demônio tinha sumido. E em um milésimo de segundo, ao virar-se para trás, ele é atingido, pela foice em chamas, no seu rosto.

— Aaaaah — gritou de dor, enquanto se levantava do chão. — Como isso é possível? — sua respiração estava acelerada, e sua preocupação só aumentou, ao lembrar de Ruy.

Ele levantou, respirou fundo, e fechou os olhos. Ao ficar totalmente calmo, ele ativa uma habilidade que, nem ele mesmo sabia que tinha, ele consegue prever cada passo que o demônio iria dar.

Mais uma vez Amaro não estava em sua vista, e de repente ele aparece em sua frente, com muito ódio e ao mesmo tempo sorrindo, correndo em sua direção. Ao tentar acertar Castiel com sua foice, ele foi surpreendido pois Castiel havia sumido da sua frente. E, como Amaro tinha feito antes, Castiel apareceu em sua frente e, sem dar chances para que o demônio virasse por completo, ele acerta o coração com a lâmina que, após ser acertada bem no coração, ele começa a entrar para dentro do corpo.

Depois de alguns segundos, o lugar onde foi enfiada a lâmina, começa a entrar em chamas e todo o seu corpo começa a tremer. O corpo começa a envelhecer e num piscar de olhos, foi consumido todo em chamas. Enfim Castiel, tinha derrotado o primeiro passo, para acabar com a Entidade.

Ruy estava atento, olhava de um lado para o outro. Sabia que poderia ser o primeiro, ou talvez não. Estava preocupado com Castiel, mas confiava nele, e acreditava que tudo iria dar certo.

Ali, onde Ruy se encontrara, estava em completa escuridão. E após alguns minutos de espera, ele ouve um barulho, que parecia vir da cozinha, ou da sala, ele não sabia identificar.

Uma luz tomou conta do corredor, era ele, o próximo passo que, agora, era Ruy quem tinha que passar. Na porta, surge Jaspér, com seus olhos completamente vermelhos, seus parecia estar todo rachado e, em sua mão esquerda, estava uma foice, em chamas.

— Jaspér, eu sei que está aí. — Ruy tentava falar com o irmão de sua amada.

— Ha Ha Ha — gargalhava o demônio, com sua voz grossa e destemida. — Eu vou ter o prazer de acabar com você. — ameaçou ele, se preparando para atacar.

Assim como Castiel, Ruy não sabia que os demônios conseguiam atravessar o círculo que fizeram no chão. E, devido a isso, Jaspér o atacou e conseguiu acertar a perna de Ruy, bruscamente, com um movimento só, o fazendo cair no chão logo em seguida.

— Aaaah — gritava Ruy, enquanto via o demônio gargalhando em sua frente.

— Pensa que é forte? – falava o demônio, enquanto se aproximava dele. — Você não passa de um órfão que merece morrer.

Enquanto Jaspér falava sem parar, Ruy se levanta e tenta desferir um soco no demônio, que desvia e o acerta em seu rosto, o fazendo cair novamente no chão.

— Você só é forte do outro lado, aquí você não passa de um cachorrinho sem dono. — dizia o demônio, enquanto o pegava pelo pescoço.

— Eu vou acabar com você! — o ódio de Ruy, era nítido em seu rosto.

Com um rápido golpe, Ruy acerta um chute na parte abaixo do seu abdômen, o fazendo gemer de dor e derrubando a foice de sua mão. Mesmo com dor, Jaspér tenta dar-lhe um soco, mas Ruy consegue segurar com uma das mãos e, com a outra, acerta um soco na boca de Jaspér o fazendo cambalear para trás.

Aproveitando-se disso, Ruy puxa a lâmina, que estava em sua cintura e, sem demora, a enfia em seu peito, acertando em cheio o seu coração.

O demônio grita de dor sem parar, uma fumaça preta sai de dentro de sua boca, e em alguns segundos, Jaspér desperta e, dessa vez, era o irmão de Erika que estava de volta, para a alegria de todos. Assim que a fumaça negra sai da boca de Jaspér, seus olhos brilharam, ele parecia flutuar por alguns segundos, depois caiu no chão.

— Aaah. O que aconteceu? — despertava Jaspér desesperado. — Quem é você? — seu olhar era de medo para Ruy.

— Vá para o quarto do seus pais, lá onde Erika estará te esperando. — ordenou Ruy, segurando no rosto de Jaspér.

E, quando Jaspér se levanta, e se vira para ir para onde lhe tinham lhe falado, Ruy diz:

— Aah, diz para Erika que eu a amo. — olhou para Jaspér com o olhar triste.

Jaspér foi ao encontro de Erika, enquanto Ruy e Castiel continuavam no corredor, esperando o momento certo, para atacar e acabar de vez com a Entidade.

Ao abrir a porta do quarto onde Erika estava, ele a viu abraçada com Jeremy na cama. Gaguejando, ela tenta falar.

— Ja... ja... Jaspér? É você?

— Sou eu, maninha. — falou ele sorrindo para ela.— Eu tô de volta. — ele abriu os braços.

Erika e Jaspér foram correndo abraçar o irmão, que agora está de volta são e salvo.

— Eu tive tanto medo de te perder. — Erika o abraçou forte.

— O que tá acontecendo, Erika?

— É uma longa história. — falou ela, dando um passo para trás. — Escuta, a mamãe e o papai... — ele já estava com os olhos cheios de lágrimas. — estão mortos.

— O quê? Como assim, mor... mortos? — seu coração acelerou numa velocidade absurda. — É mentira, né? Cê tá me zuando. — disse ele, dando um sorriso forçado.

— Eu queria que fosse... — Erika abraçou Jeremy. — O jogo que você jogou, aquele com aquelas moedas, acabou abrindo uma porta para um Entidade, — explica ela. — que te possuía, e matou nossos pais. — ela chorava abraçado com seu irmãozinho.

— Eu fiz isso? Eu matei meus pais? — Jaspér ajoelhou no chão, em lágrimas.

— Eiii — Erika levantou seu rosto. — Foi aquele maldito demônio, não você. — explicou ela, com uma expressão de raiva. — E Ruy vai acabar com ele hoje.

Todos se abraçaram ali no quarto, se consolando. Jaspér acabou tendo algumas visões, palavras estranhas em sua mente e vários símbolos, passavam de um lado para o outro em sua cabeça.

14

O PODER

Milhares de coisas passavam pela cabeça de Jaspér, sua cabeça doía, suas pernas tremiam, ele foi amparado por sua irmã pois já não conseguia ficar de pé.

Sua boca secou, seus olhos pareciam querer pular para fora. Erika se desesperou junto com seu irmão, tentou deitar ele no chão, mas Jaspér estava inquieto.

— O que tá acontecendo comigo, maninha? — dizia ele, com a voz ofegante.

— Eu não sei… — Erika pegou uma garrafa de água que estava em cima da mesinha ao lado da cama. — Bebe um pouco.

Jaspér tossiu, e colocou para fora toda a água que consumiu. Ele estava tendo dificuldades para respirar, até que ele dá um último suspiro e, no segundo seguinte, ele desmaia.

— Jaspér! Jaspér! — Erika gritava desesperada, balançando o corpo do irmão.

Ele acorda, mas estava em um lugar totalmente diferente de onde ele apagou. Estava em um cemitério. Jaspér levanta do chão, aquele lugar lhe dava calafrios. Várias tumbas velhas, antigas que mais pareciam ter centenas de anos. Ele olhava para os lados e não via ninguém. Ele parecia estar sozinho, mas alguém aparece por trás das tumbas.

— Está perdido garoto? — Uma voz rouca fala com ele, era uma velha que, apesar da idade, parecia estar muito bem fisicamente.

— Quem é você? — Jaspér deu dois passos para trás, com medo.

— Eu te trouxe aqui. – Se aproximou do garoto com um olhar gentil. — Meu nome é Maggie Wall. E estou aqui para ajudar você.

— Ajudar? Ajudar como? Eu não preciso de ajuda. — resmungou ele.

— Você sobreviveu a uma possessão de uma Entidade poderosa e, devido a isso, você obteve uma grande carga de magia em seu sangue. — Explicava a velha.

— Como você sabe disso?

— Eu sou uma bruxa, e com minha ajuda você será um bom bruxo também.

— E como eu cheguei aquí?

— Já disse, eu te trouxe aqui. Você ainda está deitado no chão do quarto, estou em um mundo que criei em sua cabeça. — Maggie sorriu.

— E... eu posso fazer isso?

Jaspér ficou curioso e ao mesmo tempo com medo.

— Claro que pode. Basta utilizar as palavras certas.

— Que palavras são essas?

Maggie tirou um livro, grosso e velho, de dentro de seu agasalho e entregou para Jaspér.

— Aqui, — apontou para o livro. — terão todas as suas respostas. Volte para o seu mundo, e ajude seus amigos a derrotarem aquela Entidade. Você pode entrar na mente de Ruy, e guiá-lo para derrotá-la. — Explicou ela, virando as costas.

— Mas como vou levar esse livro? — perguntou ele, abrindo os braços.

A bruxa virou-se e abriu um sorriso. E, com alguns movimentos com as mãos e algumas palavras citadas, ela começa a trazer Jaspér de volta à realidade. Antes de finalizar, ela fala a ele:

— Você saberá onde encontrar, quando acordar.

Sua visão escureceu, e ele já se encontra desacordado de novo.

Jaspér levanta de onde está deitado com sua respiração ofegante, e com seus olhos arregalados. Começou a procurar o livro que a bruxa tinha lhe dado naquele mundo.

— O que está buscando, Jaspér? — pergunta Erika, atrás dele.

— Um livro.

— Que livro?

Jaspér nem prestava atenção direito no que sua irmã falava. Ao olhar debaixo da cama, ele encontrou algo, que parecia um livro.

— Encontrei! — Vibrou ele, pegando o livro logo em seguida.

— O que é isso? — Mais uma vez Erika foi ignorada.

Jaspér revirava página por página, tentando encontrar o feitiço que criaria um mundo, para colocar Ruy e Erika e explicar tudo o que aconteceu.

Depois de um bom tempo procurando, ele encontra. Ele olha, e tenta decorar rapidamente.

— Segure minha mão irmã.

— Para quê? O que está acontecendo?

Jaspér pegou sua mão, e começa a falar o feitiço e, antes de dizer as últimas coisas, ele diz ironicamente:

— Você fala demais em?

Ao abrirem os olhos, eles notaram que estavam em outro lugar. Era dia, os dois estavam onde ficava o campo de flores de lótus, depois do milharal. Erika direcionava seus olhos de um lado para o outro, perplexa, sem saber se aquilo era real ou não. Ela olha para Jaspér, que estava ao seu lado lhe observando e sorrindo, e pergunta:

— Onde estamos?

— Eu um mundo que eu criei.

— Mas como? – Questionou Erika. — Agora a pouco estávamos no quarto e... era dia! — exclamou ela com a voz trêmula.

— Quando o Ruy me trouxe de volta, eu voltei com poderes. Sou um bruxo... pelo menos foi o que Maggie me disse. — falou dando um sorrisinho envergonhado.

— Quem é Maggie? E como viemos parar aqui?

— Escuta... — Jaspér sentou-se em meio às flores, e começou sua explicação. — Criei esse mundo para tentarmos trazer Ruy e falar com ele, pois acho que posso ajudá-lo a derrotar a Entidade. Maggie, é uma velha bruxa, que me levou para um mundo, como esse, que ela criou, só que em um cemitério, e me explicou tudo. — Ele parou um pouco para respirar, e continuou. — E agora eu sou um bruxo e posso ajudar Ruy.

Erika olhava para Jaspér com a boca aberta, admirada com tanta informação que seu irmão lhe disse. Era tanta coisa para se explicar, e como ele voltou tão sábio. Ela estava paralisada tentando entender tudo.

— E com isso… — Jaspér apontou para o livro que estava em sua mão. — eu poderei fazer feitiços e ajudar Ruy a acabar de vez com aquela Entidade.

— E já sabe como vai fazer tudo isso? — pergunto Erika, um pouco confusa.

— Apenas confie em mim. — Jaspér sorriu, com um olhar confiante.

Erika apenas observou tudo, fechou os olhos junto a seu irmão e respirou fundo.

15

BATALHA FINAL

Já se passavam das 3 horas da madrugada, a casa estava em completo silêncio, nada se ouvia, nada se via. No escuro, Castiel cochichava para Ruy:

— O círculo não deu certo, vamos ficar juntos.

— Mas eu enfiei a lâmina.

Castiel apenas acenou, confirmando o que Ruy disse, com a cabeça. Ruy começa a ouvir passos, provavelmente vindos da cozinha. Castiel não ouvia nada, mas ele confiava em seu amigo, e sabia que a Entidade estava próxima.

— Eu estou aqui! Venham! — a Entidade aparece de repente na cozinha.

— Eu vou fazer você sofrer, seu... seu imundo. — nos olhos de Ruy, dava para ver o ódio que ele estava sentindo naquele momento.

Antes que Ruy o atacasse, a Entidade fez aparecer dois cachorros raivosos, um de cada lado. Castiel segura o ombro de Ruy, e diz murmurando:

— Temos que tomar cuidado! Ele não vai lutar sozinho.

— Eu não tenho medo. — disse Ruy, avançando para frente.

Um dos cachorros dá um pulo para cima de Ruy, tentando mordê-lo. Agarrado com o cachorro, ele consegue desferir um soco no focinho do cachorro e em seguida, enfiar a ponta de um foice, que estava com os demônios, em chamas, bem no coração dele.

Castiel também conseguiu se livrar do outro cachorro. Depois de decapitar sua cabeça fora, e ficando lado a lado com Ruy.

Agora, Ruy parte para cima da Entidade e, com um movimento rápido, a Entidade desvia do golpe, e desfere um soco em Ruy, o fazendo cair longe. Castiel também parte para cima daquele demônio, mas, ao tentar entrar na cozinha, há uma parede invisível, o impedindo de adentrar lá e lutar com seu amigo.

— Mas que merda é essa! — Exclamou ele, com raiva.

— Só umas das surpresinhas que preparei. Ha Ha Ha — A Entidade gargalhava, enquanto Ruy se levantava do chão.

— Seu miserável! — gritava Ruy, de pé.

Ruy avançou novamente, acertando-lhe um soco em seu peito, sem sucesso, pois em seguida a Entidade lhe desferiu um soco no rosto, e após em seu parte abdominal, o fazendo gemer de dor.

A derrota já era certa, Ruy estava fraco e já nem conseguia ficar em pé direito. Tudo parecia estar dando errado. Seu corpo tremia, sua barriga doía, e seu rosto sangrava muito. Castiel observava tudo da porta da cozinha, com lágrimas nos olhos, sem poder entrar para ajudar seu amigo.

— Você é fraco! — provocava a Entidade. — Desista logo, e vamos acabar com isso.

— Eu não vou deixar... que acabe com meus amigos. — tentava dizer Ruy, com umas das mãos em sua barriga.

Sem paciência, a Entidade vai até Ruy e o agarra pelo pescoço. Fazendo ele ficar em pé, a força. Seu rosto era de dor, seu olhar era frio, e seu corpo já nem respondia mais direito ao seu cérebro.

A Entidade o joga para trás, contra a parede, fazendo Ruy ficar desacordado no chão. Nesse momento Castiel já chorava, e se desesperava, na porta da cozinha, sem poder fazer absolutamente nada.

Ruy acorda num lugar que, mesmo não acreditando, era o lugar onde ele pôde conhecer o grande amor da sua vida. Ele estava deitado no chão, caído em meio aquelas flores de lótus, ela estava lá, Erika estava ao seu lado o observando.

— Onde estou? — Ruy se perguntava, assustado.

— Não reconhece esse lugar? — respondeu-lhe Erika, dando um sorriso.

— Sim, mas... como isso é possível?

— Eu voltei forte, Ruy. — Jaspér apareceu entre as árvores. — E farei de tudo para sairmos dessa.

— Mas como?

— Te trazendo aqui... — Jaspér deu uma breve pausa, — era a única forma de falar com você.

Ele agachou onde Ruy se encontra sentado, e continuou:

— Com a minha ajuda, e com as habilidades que consegui, derrotaremos aquela Entidade. — Estendeu-lhe a mão, para o ajudar a levantar. — Faço o que eu lhe disser.

Jaspér colocou as mãos sobre a cabeça de Ruy, e após pronunciar algumas palavras, ele some, como num piscar de olhos.

— O quê...? O que aconteceu? — se perguntava Ruy a procura de Jaspér.

— Agora eu sou a voz na sua cabeça, Ruy. — Explicou Jaspér, já dentro da mente de Ruy. — Agora, se despeça de Erika, e vamos embora.

Ruy, já de pé, vai até Erika e lhe dá um beijo, e os dois, em lágrimas, se despedem.

— Eu vou, mas eu volto, meu amor.

— Eu te amo, Ruy. — Declarou Erika, sorrindo para ele.

— Eu te amo, Erika...

Ruy acorda de novo na cozinha e, diferente de quando apagou, agora com mais força de vontade. Parecia que estava com o dobro da força de antes, e com muito mais raiva para derrotar aquela Entidade.

Ele ouve algumas palavras sendo ditas em sua cabeça, provavelmente eram de Jaspér, o ajudando no que fazer. Quando Castiel consegue ultrapassar aquela barreira invisível, que o impedia de entrar na cozinha. Ruy abre um sorriso pro amigo, que agora lutavam juntos novamente.

Castiel avança com uma das foices em chamas, desviando dos golpes e trapaças da Entidade. Enquanto ele avançava, Ruy, que já estava próximo, desfere um soco acertando o rosto da Entidade. E logo em seguida, Castiel acerta a foice em seu peito, o rasgando no meio.

E, para infelicidade dos dois amigos, a Entidade começou a se regenerar.

— Segura ele, que eu completo o trabalho. — Ruy sussurrou para Castiel.

Castiel apenas sinalizou com a cabeça e, sem demora, partiu mais uma vez para cima da Entidade. Ruy o acerta um chute, mas acaba tomando um soco na altura do peito. Castiel aproveita a distração, e agarra a Entidade pelo pescoço e, sem hesitar, Ruy puxa a lâmina e a enfia no peito da Entidade, acertando o seu coração.

Um acontecimento que não era esperado pelos dois, Ruy não consegue soltar-se da lâmina. E acaba sendo puxado bruscamente para perto da Entidade, com sua mão praticamente engolida pelo peito dela.

— Não, não, não — se desesperou Castiel, correndo para ajudar seu amigo.

— Castieel! Vai emboraa! — Gritava Ruy.

— Eu não vou te deixar, Ruy. — dizia Castiel, já chorando.

— Se você não for... nós dois vamos morrer. — olhou Ruy, triste, para Castiel. — Cuide da Erika pra mim, por favor. — pediu ele.

O peito da Entidade entrou em chamas e, pela força que ela tinha, tudo ali corria o risco de pegar fogo. O braço de Ruy parecia conter veias vermelhas por dentro, que o queimavam, e faziam sair fumaça quente de seu corpo.

— Eu te amo, Castiel. Se cuida. — disse Ruy, em suas últimas palavras. — Aaaaaaaaaaaah!

Castiel corria, ao encontro de Erika, Jaspér e Jeremy que já esperavam do lado de fora da casa. As lágrimas escorriam do seu rosto, ele nunca tinha imaginado perdendo Ruy. Esse foi o pior dia de sua vida, e o mais difícil que ele já viveu até aqui...

16

A MORTE

Castiel correu em direção a porta, Erika e os outros se encontram desesperados lá fora, esperando pela saída deles. Seu sangue estava fervendo de adrenalina, seu corpo tremia e o medo a consumia por completo.

Após alguns instantes de apreensão, um estrondo foi ouvido. A visão de todos se encheram de poeira, e toda fumaça de poeira cegou a todos por alguns segundos.

"Boooom!"

A casa toda explodiu.

Erika olhou apreensiva para Castiel, seu coração acelerou, disparava freneticamente, seus olhos se encheram de lágrimas no mesmo instante, ela não sabia o que dizer naquele momento.

— Castiel... cadê o Ruy? — perguntou, com medo da resposta.

Castiel a abraçou, fortemente, sabia que o baque pelo acontecido seria grande para ela. O seu grande amor não sobreviveu.

— Eu sinto muito... Erika. — Castiel também começou a chorar.

Castiel a segurava, enquanto ela caía em prantos. Seu coração se partiu em pedaços naquele momento, milhares de pedaços.

— Não, não pode ser. — Erika se ajoelhou no chão em prantos enquanto Castiel a consolava.

Era o fim de uma amizade incrível, de um primeiro amor lindo, e de uma alma tão boa. Ruy foi um herói para todos, um grande amigo. Castiel nunca imaginou perder Ruy, um filho para ele, que o salvou e o criou desde de pequeno.

Castiel foi embora de onde veio, e viveu como o anjo da guarda de Erika e do pequenino Jeremy. Erika viveu a maior parte de sua vida com seu irmão.

O amor é lindo, mas chega ao fim. A morte chega para todos e, para quem fica, a escuridão toma conta. O final da história pode ser feliz, mas todo fim é triste.

FIM!

Agradecimentos

Obrigado a todos que fizeram desse sonho possível. A todos que acreditaram que eu conseguiria. Sem vocês isso não estaria acontecendo. Mesmo os que não estão mais presentes em minha vida, obrigado. Vocês foram essenciais para essa conquista.

Ana Vitória (Anninha), que, mesmo nos falando pouquíssimas vezes, você foi uma grande amiga, você sempre vai estar em um lugar especial no meu coração. *Yasmin (Pandinha)*, você vem sendo a pessoa que me faz sorrir em meio a todo o meu caos e surtos diários, me ouve sem reclamar e é umas das poucas pessoas que eu posso falar sobre tudo. *Carolaine*, você foi meu suporte por longos e duros dias, obrigado por isso, agora estou realizando meu sonho e, independente de onde você esteja, eu compartilhei com você um dia, e espero que realize aquele sonho que um dia você também me contou, eu torço por você, e obrigado.

Letícia, o que eu tenho a fazer é agradecer, você entrou na minha vida na minha pior fase, foi meu acalento e, mesmo "quebrada" também, só você me entendeu naquele momento, obrigado por acreditar em mim, obrigado por tá comigo hoje, você é incrível. *Bianca*, você me fez acreditar em coisas que eu já tinha desistido, me fez ver vida, onde eu só podia ver morte, obrigado por ser essa pessoa comigo, você foi luz em meus dias escuros e sombrios, tristes e sozinhos, você é quem eu me inspiro hoje, e espero que amanhã possa me inspirar mais uma vez, e todos os muitos dias que virão. *Renato*, você foi um cara especial, a amizade mais longa que já tive, como você acreditou em mim, você sabe que eu acredito nos seus sonhos também, hoje eu conquisto meu sonho, amanhã é você quem conquista o seu, e eu vou está lá, aplaudindo e sorrindo ao vê-lo conquistando o que um dia era sonho. *David*, um cara que me apoiou desde o dia que eu mencionei que tinha esse sonho, que eu sempre pedia sua opinião para trechos e alguns acontecimentos do livro, obrigado, *Sr. David*, agora compartilho isso junto com você. *Julieta (Yuli)*, gracias por creer em mi, eres una chica muy especial em mi vida, esa conquista también es tuya, siempre estaré contigo, obrigado, Yuli, por todo, nuestra amistad llegó de la nada, y hoy es una de las razones de yo estar aqui haciendo mi sueño posible.

Essa conquista também é de vocês, essa conquista é nossa. Sem vocês não seria a mesma coisa, obrigado. Eu amo todos, e serei grato por cada palavra dita, cada elogio, cada motivação e apoio que todos me deram. Tenho um pedaço de cada um neste livro.

Mikel Pedro

Para saber mais sobre os títulos e autores da
SKULL EDITORA, visite nosso site
WWW.SKULLEDITORA.COM.BR
e curta as nossas redes sociais.

FB.COM/EDITORASKUL

@SKULLEDITORA

SKULLEDITORA@GMAIL.COM

ADQUIRA NOSSOS LIVROS:
WWW.LOJAEDITORASKULL.COM.BR

ENVIE SEU ORIGINAL PARA:
ORIGINAIS.EDITORASKULL@GMAIL.COM